U1061410

VLADIMIR NABOKOV

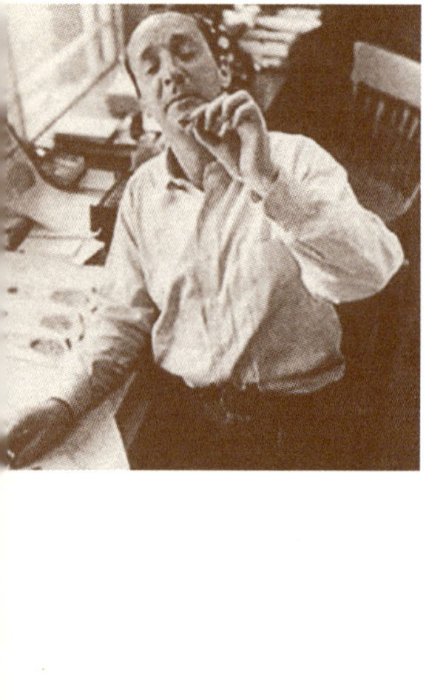

VLADIMIR NABOKOV

弗拉基米尔·纳博科夫（1899–1977）

纳博科夫是二十世纪公认的杰出小说家和文体家。

一八九九年四月二十三日，纳博科夫出生于圣彼得堡。布尔什维克革命期间，纳博科夫随全家于一九一九年流亡德国。他在剑桥三一学院攻读法国和俄罗斯文学后，开始了在柏林和巴黎十八年的文学生涯。

一九四〇年，纳博科夫移居美国，在威尔斯理、斯坦福、康奈尔和哈佛大学执教，以小说家、诗人、批评家和翻译家身份享誉文坛，著有《庶出的标志》、《洛丽塔》、《普宁》和《微暗的火》等长篇小说。

一九五五年九月十五日，纳博科夫最有名的作品《洛丽塔》由巴黎奥林匹亚出版社出版并引发争议。

一九六一年，纳博科夫迁居瑞士蒙特勒；一九七七年七月二日在洛桑病逝。

玛丽

弗拉基米尔·纳博科夫

王家湘／译

上海译文出版社

Mary 玛 丽

献 给 薇 拉

回忆起了往昔

令人神魂颠倒的爱。

普希金

前言

眼前这部小说的俄文书名《玛申卡》(*Mashenka*)——“玛丽亚”(*Maria*)的次派生昵称——几乎无法合理地音译出来(重音在第一个带“a”的、读音和在“ask”中的“a”一样的音节上,再加上一个像在“mignon”里的读音腭音化的“n”)。在寻找一个适当的替代名(*Mariette*? 抑或*May*?)的时候,我决定用《玛丽》(*Mary*),这个名字似乎和俄文书名所具有的自然纯真最相匹配。

《玛申卡》是我的第一部小说。我是在柏林开始写这本书的,那是一九二五年春我结婚后不久,到次年年初完成,由一家流亡者图书公司出版(斯洛弗出版公司,柏林,一九二六)。两年后出了德文版(乌尔施泰因出版公司,柏林,一九二八),我没有读过。除此之外,在长达四十五年之久令人难忘的时间里,没有再出现译本。

众所周知,初次进行创作的人具有把自己的经历写进作品的强烈倾向,他把自己或者一个替代者放进他的第一部小说中,这样做与其说是由于现成题材的吸引力,不如说是为了摆脱自我后可以去轻装从事更美好的事情。这是我接受的极少数的一般规则之一。我的

《说吧，记忆》（始于一九四〇年代）的读者不可能不注意到，我的回忆和加宁的回忆之间有着某些相同之处。他的玛丽和我的塔玛拉是孪生姐妹，都有祖传的林荫道，奥列杰日河流淌在两本书中，今天的罗日斯特维诺的宅子的照片——非常漂亮地翻印在企鹅版（《说吧，记忆》，一九六九）的封面上——简直就是小说中"沃斯克列辛斯克"那座有廊柱的宅子的照片。当我在四分之一个世纪后写自传第十二章的时候，并没有查看《玛申卡》；而现在当我查看了以后，这个事实让我着迷：尽管有添加上去的虚构成分（例如和村子里的小流氓打架，或在无名小镇萤火虫间的幽会），在浪漫化了的作品中，比在自传作者的一丝不苟的忠实叙述中，包含着更为浓烈的个人现实的精华。起初，我不明白怎么可能这样：在很不容易地安排情节和夸耀地虚构人物（甚至很笨拙地让两个人物出现在玛丽的信里）的同时，怎么还能保留住自己的经历中那激动人心之处，以及那悦人的气氛；我感到特别难以相信的是，文学中的模仿竟能和纯粹的真实相争。但是解释起来其实很简单：和《说吧，记忆》里的我相比，加宁距离他的过去，比我要近三倍。

由于俄国非同一般地遥远，由于思乡在人的一生中始终是你痴迷的伴侣，我已习惯于在公众场合忍受这个伴侣的令人断肠的怪癖，我承认自己对这部处女作在情感上的强烈依恋，丝毫不为之感到困窘。它的瑕疵是无知和缺乏经验的产物，任何一个评论家都能够很容易地开着玩笑就列出表来，但是对我（在这个案件和法庭上的惟一法官）来说，里面的几个场景抵消了所有的瑕疵（养病，谷仓音乐会，划船）；如果我当时想到了的话，就会把这些场景完整地移到后来的作品中去。与格伦尼先生的合作之初我就意识到，我们的翻译应该忠实于原先的文本，就和翻译不是我的文本时我会坚持的那样忠实。我在比如像把俄文原著英译成为 *King*, *Queen*, *Knave*（《王，后，杰克》）这样一本书的时候所使用的轻浮专横式修改翻新，在这里是无法想象的。我认为惟一需要作出调整的，仅限于在那么三四段中暗指俄国惯常事务的简短的词语（对于同为流亡者的人是很清楚的，但对于外国读者是无法理解的），以及把加宁按儒略历计算的日期改为按通用的公历计算（比如他的七月底是我们八月的第二周，等等）。

我必须以下面的嘱咐来结束这篇序言。正如我在《时尚》的一次采访（一九七〇年）中回答艾伦·塔尔梅提出的问题时所说：“一个作家的传记中最精彩的部分不是他的异乎寻常的经历的记录，而是具有他的风格的故事。只有从这个角度，人们才能恰当地评价我的第一个女主人公和最近的阿达之间的关系，如果有关系的话。”我不妨说，她们之间没有任何关系。我另外的话和仍旧在某些人士中受到吹捧的一个伪信条有关。尽管一个傻瓜会争辩说 orange① 是 organe② 的梦幻般的变换字母顺序的变音词，我还是劝维也纳代表团③的成员们，不要把宝贵的时间花费在分析本书第四章结尾处克拉拉做的梦上。

弗拉基米尔·纳博科夫

一九七〇年一月九日

---

① ② orange 这个英文字义为“橘子”，而 organe 是法文字，是“器官”的意思，婉意为“阴茎”。

③ Viennese delegation，指弗洛伊德精神分析学派理论的追随者；弗洛伊德是奥地利人。

一

“列夫·格列沃。列夫·格列博维奇？这种名字足够把舌头给绕断的，亲爱的伙计。”

“是的，”加宁带着几分冷淡附和道，一面努力想在这一片突如其来的昏暗中分辨出对话人的面容。他们俩置身其中的可笑境地，以及不得不和一个陌生人交谈，使他心中甚为不快。

“你知道，我不是出于无谓的好奇才问你的名字和父名的，”对方的声音中没有一丝气馁。“我认为每一个名字……”

“我再按一下电钮试试，”加宁打断他说。

“按吧，恐怕不会有什么用。我刚才在说，每一个名字都具有自己的责任。列夫和格列博，我看看——这种结合很少有，而且有很高的要求。它意味着你必需干脆利落、坚决果断，还有点古怪偏执。我的名字比较谦和，我妻子的名字就是普普通通的玛丽。顺便介绍一下我自己，我叫阿列克谢·伊万诺维奇·阿尔费奥洛夫。对不起，我想我踩了你的脚了……”

“你好，”加宁说，一面在黑暗中摸索着想握住那在他袖口旁捅来捅去的手。"你想我们会困在这里很长时间吗？该有人来想点法子。见鬼！"

"我们还是坐下来等着吧，"那使人讨厌的快乐的声音在他耳朵上面一点的地方又一次响了起来。"昨天我到达这里的时候我们在走廊里碰见过，晚上我隔着墙听见你在房间里清嗓子，从你咳嗽的声音我立刻就知道我们是同胞。告诉我，你在这里住很久了吗？"

"很久了。有火柴吗？"

"没有。我不抽烟。这个膳宿公寓①脏得很——虽说是俄国人开的。你知道，我是个非常幸运的人——我妻子要从俄国来了。四年了，这可不是开玩笑的事。是的，先生。用不了几天了。今天是星期日。"

"黑咕隆咚的，真见鬼，"加宁嘟哝道，把手指节按得啪啪响。"不知道几点钟了。"

阿尔费奥洛夫大声叹着气，嘴里散发出一个上了年纪、身体又不特别好的人所特有的热烘烘的腐臭味。这股气味中带着几丝悲哀的成分。

"只有六天了。我估计她是星期六那天到。昨天我收到了她的一封信，她把地址写得特别滑稽。可惜这里太黑，不然我可以拿给你看。你在那儿瞎摸索什么，亲爱的伙计？你知道，那些小通风口是打不开的。"

"我真想砸了它们，"加宁说。

---

① 原文是法文 pension。

“好啦，好啦，列夫·格列博维奇，我们玩玩聚会时玩的游戏不好吗？我会一些很好玩的游戏，自己想出来的。比如说，想好一个两位数的数字。准备好了吗？”

“别算上我，”加宁说着烦躁地用拳头捶了两下墙。

“门房睡着好几个小时了，”阿尔费奥洛夫的声音在耳旁嗡嗡响着，“所以捶也没用。”

“可是你也得同意我们总不能在这里吊上一整夜。”

“看来我们还不得不吊上一夜了。难道你不觉得我们这样相遇有点象征意义吗，列夫·格列博维奇？当我们踩在大地上时我们互不相识，而我们恰巧同一个时候回来，一起走进了这个玩意儿。顺便说一句，这东西的地板非常薄，下面就是黑洞洞的深井。啊，就像我刚才说的那样，我们一句话也没说一起走了进来，还是谁也不认识谁，沉默着往上升，突然——停住不动了，一片黑暗。”

“这有什么象征意义？”加宁阴郁地说。

“啊，我们停了下来，在这片黑暗中一动不动这个事实呀。还有我们在等待。今天吃午饭的时候那个人——他叫什么名字来着——那个老作家——啊，对了，叫波特亚金——和我争论我们这种流亡生活的意义，这种永远的等待。你今天一天都不在家，是吧，列夫·格列博维奇？”

“是的，我出城去了。”

“啊，春天！郊外现在一定很漂亮。”

阿尔费奥洛夫的声音消失了片刻，当它再度响起时带着令人不快的欢跳，也许是因为说话人在微笑。

“等我妻子来了以后我要带她到郊外去，她最爱散步了。女房东是不是对我说过，你的房间星期六就空出来了？"

"是的，"加宁简短地答道。

"你要离开柏林吗？"

加宁点了点头，忘记了在黑暗中点头是看不见的。阿尔费奥洛夫在座位上不安地扭动着，叹了一两口气，开始轻轻地用口哨停停吹吹地吹着一首甜甜的曲子。十分钟过去了，突然从上方传来了咔哒一声。

"这下好了，"加宁微笑着说。

正在这时头顶上的灯泡亮了，嘎吱作响的电梯厢里充满了黄色的灯光。阿尔费奥洛夫像刚刚醒来似的眨巴着眼睛。他身上穿着一件沙黄色的没个样子的旧大衣——是那种所谓的"季节之交"穿的大衣——手里拿着一顶圆顶硬礼帽。他稀疏的金色头发微微有点乱，容貌中有着什么东西会使人想到一幅石印的宗教油画：那金色的小胡子、那瘦削的脖子的形状；他把围在脖子上的一条有鲜艳点子的围巾扯了下来。

电梯厢猛地一晃，在四楼电梯平台边上停了下来。

"真是个奇迹，"阿尔费奥洛夫打开电梯门，咧嘴笑着说。"我还以为有人按了电钮我们才上来的，可是这里并没有人。你先请，列夫·格列博维奇。"

但是加宁满脸不耐烦地轻轻推了阿尔费奥洛夫一下，跟在他后面走了出来，并使劲"砰"的一声关上铁门发泄了一下心中的不快。他还从来没有这样烦躁易怒过。

"真是个奇迹，"阿尔费奥洛夫重复道，"电梯上来了可是这里并没有人。这也具有象征意义。"

二

膳宿公寓是个既带有俄国特点，同时也令人讨厌的地方，主要讨厌之处是整个白天和大半个夜晚都能听到市郊地铁线上隆隆的火车声，有一种整座建筑物都在缓慢移动的感觉。门厅里挂着一面昏暗的镜子，旁边有一个放手套的壁架，还有一个栎木柜子，放的角度让人很容易把小腿磕在上面蹭破皮；从门厅再往里面去是一条光秃秃的十分狭窄的过道，两侧各有三个房间，门上贴着很大的黑色数字的房号，是从一年前的日历上撕下来的几页——一九二三年四月的头六天。左侧第一个门是四月一日，是阿尔费奥洛夫的房间，第二间是加宁住的，第三间是房东丽季娅·尼古拉耶夫娜·多恩的房间，她是个寡妇，丈夫是个德国商人，二十年前从撒勒法把她带到了这儿，去年得脑炎去世了。右侧的三个房间——从四月四日到四月六日——住着年老的俄国诗人安东·谢尔盖耶维奇·波特亚金，有着引人注目的蓝棕色眼睛、胸部丰满的姑娘克拉拉，以及在过道拐角处六号房里的两个芭蕾舞演员科林和戈尔诺茨维托夫，两人都像女人一样爱格格傻笑，人很瘦，鼻子上搽着粉，有两条肌肉强健的大腿。过道第一段的头上是餐厅；面对着门的墙上挂着一幅《最后的晚餐》的平版石印画，另一侧的墙上挂着一只发黄的带角的鹿头骨，下面是一个球茎形的餐具柜，上面放着两只水晶玻璃花瓶，这两只花瓶曾是整座公寓中最干净的东西，可现在因罩上了一层绒毛般的灰尘而变得黯然失色。

过道在餐厅门外成直角向右拐去，在那可悲的臭烘烘的深处潜藏着厨房、女仆的小房间、一个肮脏的洗澡间和一间窄窄的厕所，厕所门上的标志是两个鲜红的〇，这本是多恩先生台历上两个星期日的两页，现在别的数目字掉了，只剩下了这两个〇。多恩先生死后一个月，矮小的、耳朵有点聋、稍稍有些怪癖的丽季娅·尼古拉耶夫娜就租下了一套空着的公寓房间，将它改成了膳宿公寓。在此过程中，她分配继承来的那点家用物件的方式表现出了她那古怪的颇使人有些害怕的独创性。她把桌椅、嘎吱作响的衣柜、凹凸不平的长沙发分放在打算出租的房间里。这些家具分放在不同的房间里以后立刻显得陈旧，带上了被拆散的块块头骨那无所适从的丧气样子。她已故丈夫的书桌是个栎木制的庞然大物，上面镶着蛤蟆形的铸铁墨水池，中间那只抽屉深得像船上的底层货舱。这张桌子给放在了现在阿尔费奥洛夫住的一号房里。原先买来和书桌配套使用的转凳现在和书桌分开了，在舞蹈演员们的六号房里过着孤儿般的日子。一对绿色的扶手椅也给分开了，一只在加宁的房间里独自憔悴，一只是房东自己在用，或者由她的德国种小猎狗使用。这是一只黑色的胖母狗，鼻口部是灰色的，两只悬垂的耳朵，毛茸茸的耳朵尖像蝴蝶翅膀的边缘。克拉拉房间里的书架上点缀着一套百科全书的头几卷，而其余的分配到了波特亚金的房间里。带镜子和抽屉的惟一体面的脸盆架也给了克拉拉，在其他房间里只有一个矮墩墩的木头架子，上面放着一只白铁盆和同样材料的大水罐。不过多恩太太不得不买几张床，这使她感到非常痛苦，这倒不是因为她小气，而是因为在把原来的家具这样分配时她得到了一种美妙的激动，一种对自己节俭的自豪感。现在她已是寡妇了，她的双人床一个人睡太大了，她很气愤不能把床锯开成所需数目。她自己随意地清扫所有的房间，可是她向来应付不了做饭，所以她雇了一个厨子——是当地市场上一个令人生畏的人物，一个壮硕的红发悍妇，每到星期五就戴上一顶鲜红的帽子启程去城北地区，用她红色的魅力去做交易。丽季娅·尼古拉耶夫娜怕进厨房，简直是个胆小、安静的人，每当她不利索的小脚发出嗒嗒的声音把她带到走廊上时，房客总有一种感觉，好像这个头发灰白的扁鼻子小个子女人根本就不是房东，而只是个走错了路进到别人公寓里的傻老太婆。每天早上她像个用碎布做成的玩具娃娃，腰弯得仿佛对折起来那样匆匆地把家具下面的灰尘扫掉，然后就消失在自己的房间里。这是最小的一个房间，她在里面读破烂不堪的德文书，或翻看已故丈夫的文件，文件内容她根本看不懂。惟一走进她房间的另外一个人是波特亚金，他总是会抚摸她那只亲近人的黑色德国种小猎狗，挠挠它的耳朵和灰白的鼻口部上的疣，并且试图让狗坐直起来伸出那只畸形的爪子。他会和丽季娅·尼古拉耶夫娜谈到他老年之身的各种疼痛，谈到他如何在长长的六个月的时间里一直想搞到去巴黎的签证，他的侄女住在那儿，那儿的硬皮长面包和红酒是那样便宜。老太太总是点着头，偶尔会向他询问别的房客的情况，特别是加宁，她觉得加宁和在她的膳宿公寓住过的所有别的俄国青年都很不一样。加宁在这里住了三个月，现在打算离开，甚至都说了下星期六就退房。不过他以前有好几次打算离开，但都改变主意推迟了行期。丽季娅·尼古拉耶夫娜从这位温和的老诗人口中得知加宁有个女朋友。问题的根子就在这儿。

近来他变得沉闷阴郁。就在不久前他还能倒立着用两只手走路，两条腿优美地直立着，像帆一般滑动，简直和日本杂技演员不相上下。他能用牙叼起一把椅子，能用二头肌的屈伸拉断绳子。他的身体里充满了要活动的欲望——跳过围栏或者拔起柱子，总之，像我们年轻时常说的那样，去“找刺激”。但是现在他体内有根螺栓松了，他甚至走路时弯起了腰，并向波特亚金承认自己“像个神经质的女人”那样为失眠所困扰。星期日到星期一那个晚上，他在卡住不动的电梯里和那个感情外露的家伙待了二十分钟以后睡得特别不好。星期一早上他光着身子，两只冰冷的手紧握在一起伸在膝盖之间，就这样坐了很长时间。一想到今天又是一天，他不得不穿上衬衫、裤子、袜子——所有这些浸透了汗水和灰尘的讨厌的东西——就让他感到可怕；他想象着一只马戏团的长卷毛狗，穿上了人的衣服以后显得是那样糟糕，可怜得让人恶心。他的怠惰部分是因为他目前没有工作。他在冬天存了一些钱，所以眼下并不特别需要去工作；不过，现在只剩二百马克了，过去三个月的日子花费很多。

去年他一到柏林就找到了工作，干过几种不同的活，一直工作到一月份。他懂得了在清晨一片朦胧的黄色中到工厂去干活意味着什么；他也知道在毕尔·戈罗伊饭店的桌子之间端着盘子每天曲里拐弯走上六英里之后腿痛的滋味；他也干过别的活，为获取佣金推销过能想象出的一切商品——俄罗斯小圆面包、润发油、普通的增亮剂。他干什么都不觉得是降低了身份，他甚至不止一次地像我们许多人做过的那样去出卖自己的影子。换句话说，他到郊区一个电影拍摄点去做拍群众场面的临时演员，那是在一个集市的大棚子里，那儿巨大的灯像大炮一样瞄准一群临时演员，灯中射出的强光充满了神秘的嘶嘶声，把他们照亮成一片惨白色。一连串凶残夺目的强光照亮了化过装的蜡人般一动不动的脸，然后咔哒一声熄灭——但还有很长一段时间，在那些精心制作的灯具的玻璃上仍会呈现出逐渐消失的落日般的红光——我们人类的耻辱。交易完成了，我们无名的影子被送往世界各处。

他剩下的钱还够让他离开柏林的，但这意味着要摆脱柳德米拉，而他不知道怎样和她分手。尽管他给了自己一个星期的时间来完成这件事，而且告诉了房东他已最后决定星期六离开，加宁仍感到这个星期或下个星期都不会使事情有任何改变。与此同时，逆向的思乡，即渴望去到又一个陌生的地方的欲望在春天却愈加强烈起来。他的窗外是火车铁轨，因此离去的可能从未停止过对他的诱惑。每隔五分钟，一阵隐隐的轰隆声就开始传遍全楼，跟着是一团巨大的烟云在窗外翻滚，遮蔽了柏林白色的天光。然后烟云又慢慢消散，铁轨向远处伸展——把房子后面的黑色一片分割成几块——越远显得越窄，一切都笼罩在杏仁奶般灰白的天际下。

如果加宁住在走廊对面波特亚金或克拉拉的房间里，他会觉得自在得多。他们窗外是一条十分沉闷的街道，尽管一座铁路桥横跨这条街，但至少看不到灰白的远方的诱人视域。那座桥是从加宁的窗口能看得见的铁轨的延续，他总是摆脱不掉这种感觉，即每一列火车都不被看见地直穿这座房子而过。火车会从远处驶来，它那幽灵般的回响会使墙壁震颤，颠簸着穿过旧地毯，擦过梳妆台的玻璃，最后带着冷冰冰的哐啷声消失在窗外——紧跟着就是一团巨大的烟云在窗外翻滚，当烟云消退后，市郊地铁线的一列火车就会突然出现，仿佛是被这座建筑排泄出来的：草绿色的车厢，车厢顶上一排黑色的狗奶头，一个粗短的火车头挂在车尾，劲头十足地倒退着把火车拉向堵堵无窗墙之间的白色的远方，那些墙上的黑色不是块块剥落，就是被过期广告贴得像斑驳的壁画。那真像是有股强劲的穿堂风永远不停地吹彻整个房子。

“啊，离去！”加宁低声说着，无精打采地伸着懒腰，又突然立刻停了下来——柳德米拉怎么办？他变得如此优柔寡断，真是太荒唐了。他曾经(在他能倒立着用两只手走路或一下子跳过五张椅子的日子里)不光能控制自己的意志，而且还能考验自己的意志。曾经有一段时期他常锻炼自己的意志，例如让自己在半夜起床，好下楼去往邮筒里扔香烟头。可是现在他都不能让自己对一个女人说他不再爱她了。前天她在他的房间里待了五个小时，昨天星期日，他无法拒绝和她一起进行这次可笑的郊游，跟她在柏林郊外的湖上度过了整整一天。现在他觉得柳德米拉的一切都是令人反感的：她时髦地剪短了的黄色鬈发，脖子后垂着两绺没有剃去的黑发；她那没精打采的黑眼皮；特别是她那用紫红色唇膏涂得光亮亮的嘴唇。在他们一阵机械地做爱后，她穿衣服时会眯着眼睛——这使她的眼睛立刻带上了令人不快的粗重劲儿——说：“我特别敏感，你知道，所以你一旦不像原来那样爱我时我立刻就会感觉得到。”这时他就又厌倦又反感。加宁不答她，转身向着窗户，那儿升起一堵烟气的白墙。这时她就会从鼻子里窃窃一笑，用沙哑的声音低低叫他："过来。"那一刻他真想绞手让骨节带着美妙的痛苦噼啪作响，并且对她说："滚出去，娘们，再见了。"然而他却微笑着向她弯下身去。她就会用她尖利得像假的一样的指甲在他胸口来回抓挠，噘着嘴，扑闪着乌黑的眼睫毛，扮演着一个被怠慢的姑娘或一个任性的侯爵夫人的角色。他似乎觉得她用的香水有某种走了味的低劣陈旧的气味，尽管她本人只有二十五岁。当他的嘴唇轻轻擦过她小小的炽热的前额时，她便忘记了一切——忘记了像她的气味一样到处跟着她的虚伪，她虚伪的稚气的语言，虚伪的灵敏的感觉，虚伪的对某些想象中的兰花以及对她从未读过的坡和波德莱尔的热爱；她——忘记了自己所有做作出来的魅力：她时髦的黄头发，撩人的香粉，以及小猪样粉红色的丝袜——于是向后仰着头，把她整个无力的、可怜的、不为所需的肉体紧紧贴向加宁。

厌倦而羞耻的加宁，感到一阵无聊的柔情——爱匆匆经过后留下的一丝伤感的温情——因此他毫无激情地，吻着她向他伸出的像涂了色的橡胶般的双唇。不过这点柔情并未能压下一个平静而讽刺的声音给他的忠告：现在就努力把她推开！

他叹了一口气，温和地向她仰起的面孔微笑着。她紧抓着他的肩膀，用与平时带鼻音的低语很不一样的颤抖的声音哀求他，她的全部身心似乎都进化成几个字："告诉我——求你了——你爱我吗？"而这时，他却想不出有什么话可说。但当她一注意到他的反应——那熟悉的阴郁神情，那不由自主的眉头一皱——便想起她应该用诗歌、香气和感情来使他消魂，于是立刻就表演起来，扮演出可怜的小姑娘或是难以捉摸的交际花的样子。厌倦再一次占有了加宁，他在窗户和门之间踱来踱去，为了打哈欠时不张开嘴，他把眼泪都差点憋了出来，她则往头上戴着帽子，一面偷偷地从镜子里看着他。

克拉拉是个胸部丰满、穿着黑色丝绸衣服的小巧的姑娘，她知道自己的女友来找加宁，每当柳德米拉对她讲述自己的爱情生活时她总感到苦恼和尴尬。克拉拉认为这样的感情应该更克制一些，不要有什么紫色的蝴蝶花和如泣如诉的小提琴曲。但更难忍受的是她的朋友会眯起双眼，鼻孔中喷着香烟烟雾，对她形容那些仍使她意犹未尽的、详细得可怕的具体细节。克拉拉听后会做可怕的、令她难为情的梦。近来她开始躲避柳德米拉，怕她的朋友最终会破坏自己那种巨大且总是快乐的感觉，这种感觉被优雅地称之为“幻想”。她爱加宁那轮廓鲜明的带有几分傲慢的相貌：他的灰眼睛，瞳孔特别的大，向四周辐射出明亮的箭一般的条纹；他粗而黑的眉毛，在皱起或专注地倾听时形成一道浓密的黑线，而当罕见的微笑使他短暂地露出那口晶莹漂亮的牙齿时，又会像柔美的翅膀般展开。克拉拉被他这些突出的特征所深深吸引，在他面前她就失去镇静，往往会说出不想说的话，或不停地轻轻拍打半遮住自己耳朵的栗色鬈发，或整理胸前的黑绸衣褶，这使她下嘴唇伸出，露出了双下巴。反正，她最多就是每天在吃午饭时见到加宁一次，此外只有一次她和他及柳德米拉一起吃晚饭，那是在他晚上经常去吃香肠和泡菜或冷猪肉的一家肮脏的小酒店里。在膳宿公寓沉闷的餐厅里吃午饭时她总是坐在加宁对面，因为女房东给房客安排的餐桌上的坐位和他们房间的顺序基本一致，这样，克拉拉坐在波特亚金和戈尔诺茨维托夫之间，而加宁则坐在阿尔费奥洛夫和科林之间。多恩太太古板而哀伤的黑色小身影坐在桌首，两边是两个芭蕾舞演员做作的、涂着粉的面对面的侧影，显得十分不协调和凄凉可怜。他们和她说话时举止像鸟一样突兀迅速。由于微微有些耳聋的影响，她自己很少讲话，只局限于留神体格魁伟的埃莉卡能适时端上饭菜、撤下盘子。她那像片枯叶一样小小的满是皱纹的手，会不时地伸向垂在一旁的拉铃的球形把手，然后如凋谢的黄叶又飘然落下。

加宁在星期一下午两点半左右走进餐厅时，其他的人早已就坐。阿尔费奥洛夫看见他便微笑着和他打招呼，并从坐位上站起身来。但是加宁并没有向他伸出手来，他心里诅咒着多事的邻居，默默地点了一下头在他身旁坐下。衣着整齐没有架子的老头波特亚金吃起东西来像牲口似的，正咕噜噜地喝汤，一面用左手挡着塞在领子里的餐巾免得掉进汤盘里。他从夹鼻眼镜上方扫了加宁一眼，含糊地叹了口气又接着喝起汤来。加宁一时坦率，曾对他讲了自己和柳德米拉间令人压抑的恋爱，现在很后悔。他左边的科林小心谨慎地递给他一盘汤，他如此讨好地看了加宁一眼，一双奇特的含而不露的眼睛冲他这么一笑，使加宁觉得浑身不舒服。同时在他右边阿尔费奥洛夫甜腻的男高音又接着唠叨了起来，对坐在他对面的波特亚金说过的什么话表示反对。

“你挑毛病是不对的，安东·谢尔盖耶维奇。这是一个极为文明的国家，根本不能拿来和古老落后的俄罗斯相比。”

波特亚金的夹鼻眼镜温和地一闪，他转向了加宁。“祝贺我吧，今天法国人给我寄来了入境签证，我真想带上什么勋位的大绶带，去拜访杜梅格总统。”

他的声音非常好听，柔和，高低度始终不变，音色圆厚。他的嘴唇下面有撮灰色的小山羊胡子，下巴向后缩的肥胖光洁的脸似乎整个均匀地蒙上了一层红棕色，安详而智慧的眼睛四周有和蔼可亲的扇形皱纹。从侧面看去他很像只巨大的灰毛豚鼠。

“我很高兴，”加宁说，“你什么时候离开这儿呢？”

但阿尔费奥洛夫不让老头回答，他习惯地抽动他那长着稀疏的金黄色汗毛和有着活动的大喉结的瘦脖子接嘴说道：“我建议你留在这里。这儿有什么不好？这里一切都是直截了当的，法国曲里拐弯，至于我们的俄国嘛——声东击西。我很喜欢这里——有工作，街道很适于散步。我能确定无疑地向你证明，如果一个人必须要住在一个地方的话……”

“可是，”波特亚金平静地打断他道，“那些如山的文件怎么说呢？那些棺材般的纸板箱，那无尽无休的档案、档案，更多的档案！架子被它们的重量压得嘎吱响，警官为了在案卷中查到我的名字差点没累断了气。你根本无法想象(说到‘想象’一词时波特亚金缓慢而悲哀地摇着头)仅仅为了获准允许离开这个国家一个人要受多大的罪。至于说我得填多少表嘛！今天我原本开始希望：啊，他们会在我的护照上打上出境签证了！根本没那么回事。他们打发我去照相，可相片要到今天晚上才能洗出来。”

“这很正常嘛，”阿尔费奥洛夫点点头道。“在一个治理有方的国家里，事情就该是这样。这里没有你们俄罗斯的低效率。比如说，你注意到了没有，在大门上写的是什么？‘绅士层专用。’这很说明问题。一般说来，我们国家和德国的区别可以这样说明：想象一道曲线，在曲线上……”

加宁停止听他讲话，对坐在他对面的克拉拉说：“昨天柳德米拉·鲍里索夫娜让我告诉你，下班一到家就给她打电话。我想是去看电影的事。”

克拉拉困惑地想道：“他怎么能这样毫不在乎地谈起她？毕竟他知道我知道他们的事。”

为了顾全面子，她问道：“啊，你昨天见到她了？”

加宁惊奇地抬起了眉毛，继续吃饭。

“我不太明白你的几何学，”波特亚金说，一面用餐刀把面包屑仔细地归拢起来拨到手心里。像绝大多数老年诗人一样，他酷爱清楚明白的人类逻辑。

“可是难道你不明白吗？这太清楚了，”阿尔费奥洛夫激动地大声说道，“只要想象一下……”

“我不明白，”波特亚金坚决地重复道，他把头往后稍稍一仰，把手里的面包屑倒进了嘴里。阿尔费奥洛夫摊开双手做了个表示毫无办法的手势，碰翻了加宁的杯子。

“啊，对不起！”

“是只空杯子，”加宁说。

“你不是个数学家，安东·谢尔盖耶维奇，”阿尔费奥洛夫唠叨个没完，“但我在那架高秋千上可荡了一辈子了。以前我常对妻子说，如果我是‘夏’，你一定是朵春天的五叶草花……”

戈尔诺茨维托夫和科林有礼貌地笑成一团，多恩太太一惊，害怕地看看他俩。

“总而言之，是一朵花、一个图案。”加宁冷冷地说。只有克拉拉微微一笑。加宁开始给自己倒杯水，所有的人都看着他这一动作。

“是的，你说对了，一朵最最脆弱的花，”阿尔费奥洛夫慢吞吞地说着，把明亮而茫然的目光转到邻座身上。“她经历了那恐怖的七年而幸存下来，这绝对是个奇迹。我敢肯定她到了这里以后一定会快活而青春焕发。你是个诗人，安东·谢尔盖耶维奇，你应该写写这方面的诗——写写女性、可爱的俄罗斯女性，如何比任何革命运动都要坚强，能够挺住一切而活下来——逆境、恐怖——”

科林低声对加宁说：“他又来了——昨天就是这一套——他张口闭口谈的都是他的妻子。”

“庸俗的小人，”加宁望着阿尔费奥洛夫抽动着的胡子，心里想道。“我敢打赌他的妻子一定很活跃。对他这样的人忠诚绝对是个罪过。”

“今天吃的是羊肉，”丽季娅·尼古拉耶夫娜突然生硬地宣布道，她生气地看着房客们吃这道荤菜时那副无精打采的样子。不知因为什么阿尔费奥洛夫点了点头，然后继续说道：“你不以这个为主题是犯了个大错误。”（波特亚金微微地但坚决地摇摇头。）“等你见到了我的妻子也许你就明白我的意思了。顺便说一句，她非常喜爱诗歌。你们俩应该看法一致。我还要告诉你另外一件事……”

科林斜眼看着阿尔费奥洛夫，偷偷对他打着拍子。戈尔诺茨维托夫看着朋友的手指，不出声地笑得直抖。

“但主要的事情是，”阿尔费奥洛夫仍嘟哝着往下说道，“俄国不行了，完蛋了，她被抹去了，就像有人用一块湿海绵把一张滑稽的面孔从黑板上擦掉了一样。”

“但是……”加宁微笑道。

“我说的话让你觉得不舒服了吗，列夫·格列博维奇？”

“是的，让我不舒服了，但我不会阻止你这样说的，阿列克谢·伊万诺维奇。”

“那么这是不是意味着你相信…… ”

“先生们，先生们，”波特亚金那平静、口齿稍有不清的声音插了进来说，“请莫谈政治。我们为什么非谈政治不可呢？”

“不管怎么说，是阿尔费奥洛夫先生错了。”克拉拉出其不意地插嘴说，同时使劲拍了拍她做好了的头发。

“你妻子星期六到吗？”科林在桌子另一端装傻地问道，戈尔诺茨维托夫用餐巾掩着嘴吃吃笑着。

“是的，星期六到，”阿尔费奥洛夫答道，一面把盛着他没吃完的羊肉的盘子推开。他的眼睛失去了好斗的光芒，立刻显出沉思的模样。

“你知道吗，丽季娅·尼古拉耶夫娜，”他说道，“昨天列夫·格列博维奇和我一起被困在电梯里了。”

“炖梨，”多恩太太答道。

舞蹈演员大笑了起来。埃莉卡推搡着用餐人的胳膊肘，开始把盘子收走。加宁仔细地卷好餐巾，把它塞进餐巾环里，然后站起了身子。他从来不吃甜食。

“真无聊，”他走回房间时心里在想，“现在我干什么呢？我想，去散步吧。”

这天和以前的日子一样，在一种枯燥乏味、无所事事的状态中慢慢地拖了过去，甚至连能使无所事事变得迷人的朦朦胧胧的期待也没有。现在，没有工作使他感到烦闷，但这儿确实没有工作可做。他把用一英镑在君士坦丁堡(流亡的第一阶段)一个英国中尉那儿买来的旧雨衣领子翻了起来，接着又把拳头使劲伸进口袋里，慢慢沿四月苍白的街道走着，街上雨伞黑色的圆顶来回移动、上下起伏。他在一家轮船公司的橱窗前长久地盯着“毛里塔尼亚”号精美的模型，以及一幅巨大的地图上联结两大洲海港的彩线。橱窗的背后是一张热带树丛的照片——米黄色天空衬托下的巧克力色的棕榈树丛。

他喝了大约一个小时咖啡，坐在一面巨大的玻璃窗旁看着过往人群。回到卧室后他企图读书，但他发现那本书的内容非常陌生，不适合他，结果一个从句仅读了一半就放下了。他处于他称之为“意志分散”的情绪之中。他一动不动地坐在桌前，拿不定主意该干什么：变化一下他身体的位置，站起来洗洗手，还是去开窗，窗外那阴冷的一天已进入了黄昏。这是种可怕而痛苦的状态，很像我们刚一醒来睁不开眼睛、好像眼睛永远粘在一起了时所具有的那种隐约不安的感觉。加宁觉得那逐渐渗入室内的阴沉的暮色也正在慢慢地穿透到他体内，把他的血液变成了雾气；他觉得他没有力量使黄昏不在他身上产生这种魔力。

他没有力量是因为他没有确切的欲望，这使他十分痛苦，因为他正徒劳地在寻求有什么东西能使他产生欲望。他甚至无法使自己伸出手去打开电灯。从想法到行动这一简单的转换似乎是无法想象的奇迹。没有任何东西能缓解他消沉的情绪，他的思想漫无目的地滑来滑去，心跳微弱，内衣裤令人不快地贴在身上。他一会儿觉得应该立刻给柳德米拉写信，坚决说明到了该结束他们这死气沉沉的关系的时候了；可过了一会儿他又记起来那天晚上他要和她一起去看电影，不知怎的，让自己给她打电话取消这次约会比写信要困难得多，结果两件事他一件也没去做。

有多少次他对自己发誓说第二天就和她把关系断了，并且毫不困难地编造出了恰当的说法，但就是完全无法想象出他紧握一下她的手离开房间的那一刻。正是那个动作——转身走出去——显得如此不可思议。他属于这样一种人，他们能获得他们想要的一切，取得成绩、超过别人；但就是不会抛弃或逃跑——其实这是一回事。阻碍他这样做的是廉耻心和同情心。一个在别的情况下能从事任何创造性的事业、作出任何艰苦努力并会急切地甘愿着手一项工作、高兴地专心致志地去克服一切困难取得一切胜利的人，会被廉耻心和同情心削弱了他的意志。

他不知道什么样的外来刺激因素才会给他力量来中断他和柳德米拉间这三个月之久的私情，正如他不知道需要什么才能促使他从椅子里站起身来一样。只有很短一段时间他真正爱上了她——在那种心境之下，柳德米拉似乎被包围在一层迷人的雾霭之中，他处于探索追求、意气风发、几乎超越尘世感情的状况之中，就像当一个人在做一件非常平常的事情，如从桌旁走到吧台去付款，这时响起了音乐，使人简单的动作带上了内在舞蹈式的特性，将它变成了具有意义的、永恒的姿式。

那音乐声在一天晚上，当他在一辆幽暗的出租车的颠簸的地板上占有她那一刻起就戛然而止了，立刻一切就变得极端平庸——女人把滑到脖子后面的帽子戴好，灯光在车窗外闪过，司机的背在玻璃隔板那面像座黑色的山峰高耸在那里。

现在，他不得不为了那一夜付出代价：费力地欺骗以把那一夜永远继续下去，虚弱地、毫无骨气地屈从于它那逐渐蔓延的阴影，现在它已充满了房间的每一个角落，使家具变得一片朦胧。他模模糊糊地打起盹来，手掌托着额头，两腿直挺挺地伸在桌子下面。

后来到了电影院里，里面又热又挤。好长一段时间，大钢琴、衣服、香水的彩色广告纷纷无声地拥上银幕，终于乐队奏起了曲子，电影开始了。

柳德米拉特别高兴。她也请了克拉拉来看电影，因为她很清楚地感觉到克拉拉对加宁有好感，柳德米拉既想炫耀自己的私情又想表现出自己能加以掩饰的本事，希望以此给克拉拉同时也给自己带来愉快。克拉拉自己同意来，是因为她知道加宁打算星期六离开；同时她也很惊奇，好像柳德米拉不知道这件事——否则就是她故意不提，到时候好和他一起走。

加宁坐在她俩之间，感到非常恼火，因为柳德米拉和大多数她这种类型的女人一样，看电影时从头到尾都聊别的事情，身子探过加宁的膝盖和朋友聊天，每次都灌他一鼻子她那熟悉的、令人扫兴的、讨厌的香水味。电影拍得很好、很紧张，这使得加宁更不高兴。

“听着，柳德米拉·鲍里索夫娜，”加宁实在忍不住了，说道，“别咬耳朵了，坐在我后面的那个德国人开始生气了。”

她在黑暗中很快地瞥了他一眼，身子往后一靠，看看明亮的银幕。

“我什么也看不懂，电影糟透了。”

“你所有的时间都在咬耳朵，”加宁说，“难怪看不懂。”

银幕上晃动着发亮的、蓝灰色的人影。一个唱主角的歌剧女演员从前犯了过失杀人罪，当她在歌剧中扮演凶手时突然记起了这件事，她转动着大得可笑的眼睛，仰面倒在了舞台上。这时观众席逐渐浮现了出来，人们鼓着掌，包厢和正厅前排座位上的人也狂热地鼓着掌站了起来。加宁突然意识到他正在看着某个模糊然而熟悉得可怕的景象。他惊恐地回忆起那制作粗糙的排排木凳、椅子，包厢的栏杆漆成一种凶险的紫色，高处懒洋洋的工人像披着蓝衣的天使安闲地、若无其事地在一块块木板上走动，或者把弧光灯炫目的光束对准大群俄国人，他们一起被赶到这个巨大的布景台上，在完全不知道电影内容的情况下进行表演。他记得那些穿着做工考究但已十分破旧的衣服的青年人、脸上抹着紫红和黄色的化妆品的女人，以及那些被发配到远远的后面去填满背景的天真的流亡者、老头和相貌平常的姑娘。银幕上那个寒冷的大谷仓现在变成了一座舒适的大礼堂，麻袋片变成了丝绒，一群穷光蛋变成了剧场的观众。加宁拼命看着，带着深深的、令人打颤的羞耻感在那些按要求鼓着掌的人群中认出了自己，记起了他们如何必须看着前面一个想象中的舞台，那儿没有什么在歌剧中唱主角的女演员，而是一个红头发、没穿外套的胖男人，他站在泛光灯之间的平台上，拿着个喇叭筒发疯般地叫喊着。

加宁的幽魂也站在那边鼓着掌，旁边是那个留着黑胡子、胸前挂着绶带的、十分引人注目的男人。由于他的胡子和浆得笔挺的衬衫，结果总是给放在前排；中间休息时他吃三明治，镜头拍完后，他就在晚礼服外面穿上一件肮脏的旧大衣，回到离柏林市中心很远的家里去，他在那地方的一家印刷厂里做排字工人。

此刻，加宁不仅感到羞耻，同时也感到了人生之易逝。在银幕上他憔悴的身影、向上抬着的轮廓分明的脸和鼓着掌的双手与灰色的千变万化的别的身影融合在了一起；一会儿工夫，礼堂像只轮船摇晃着消失了，银幕上出现的是一个闻名世界的上了年纪的女演员，她以高超的演技扮演着一个死去的年轻妇女。“我们不知道自己的所作所为，”加宁厌恶地想，这场电影他再也看不下去了。

柳德米拉又在和克拉拉咬耳朵了——说的是有关一个裁缝和做衣服的料子之类的事。电影演完了，加宁觉得压抑得要命。不久当他们推推挤挤地朝出口处走去时，柳德米拉贴近他低声说：“明天我两点钟给你打电话，亲爱的。”

加宁和克拉拉把她送回家，然后一起回他们的膳宿公寓。加宁沉默不语，克拉拉拼命想找到一个话题。“你星期六要离开我们了吗？”她问。

“我不知道，真不知道。”加宁阴郁地说。

他一面走，一面心里在想他的影子将如何在一个又一个的城市中彷徨，在一个又一个银幕上闪过，而他将永远不知道什么样的人会看到它，或者它将在世界上徘徊多久。当他上床后听着火车驶过这所住着七个俄国游魂的凄凉的房子时，他感到整个人生就像演一段电影，里面没有头脑的群众演员对于他们参与拍摄的电影的内容一无所知。

加宁无法入眠。两腿神经质地抖动，枕头折磨着他的头。而半夜时分他的邻居阿尔费奥洛夫开始哼起一支曲子来。透过薄薄的墙壁他听得见他拖着步子走过房间，先向他这边走来，然后又走开去，而加宁则满肚子火气地躺在那儿。每当火车隆隆驶过时，阿尔费奥洛夫的声音和火车声交融在了一起，然后又浮现出来——达的，达的，达的达。

加宁再也无法忍受了，他穿上长裤到走廊上，用拳头捶着一号房间的门。阿尔费奥洛夫这时恰巧转悠到门边，他猛地打开了门，加宁猝不及防，惊得一跳。

“请进，列夫·格列博维奇。”

他穿着衬衫和内裤，金黄色的胡子有点乱——想来是嘴里不断喷气哼歌的结果——浅蓝色的眼睛里洋溢着幸福。

“你在唱歌，”加宁皱着眉头说，“吵得我睡不着觉。”

“你进来呀，老天爷，别在门口待着，”阿列克谢·伊万诺维奇大惊小怪地说，一面好意而笨拙地用一只胳膊搂着加宁的腰。“真抱歉让你生气了。”

加宁很不情愿地走进了房间。屋子里没有多少东西，然而却十分凌乱。两把厨房用椅中的一把并没有放在书桌(就是那个上面镶有蛤蟆形铸铁墨水池的栎木制的庞然大物)边上，而似乎是在往洗脸盆方向去，但是停在了半路，显然是绊在了绿地毯翘起的边上。另外那把椅子是放在床边上当床头桌用的，现在埋在了好像是从亚拉腊山之巅重重落下而摔得不成形了的一件黑色上衣的下面。薄薄的纸张铺满了乱七八糟的木桌面，床上也到处是纸。加宁随意一瞥，注意到在这些纸上都是用铅笔画的轮子、方块，完全没有技术上的精确性，只是为消磨时间才涂抹的。穿着羊毛内裤的阿尔费奥洛夫本人——任何人，不管他有着阿多尼斯[1]之躯还是花花公子布鲁梅尔[2]之风度，穿着羊毛内裤都会显得非常难看——又开始在他房间的

---

① Adonis，希腊神话中爱神阿芙洛狄特所恋的美少年。

② Beau Brummel，即乔治·拜伦·布鲁梅尔(George Bryan Brummel，1778—1840)，英国纨绔子弟，英王乔治四世之友，上流社会时髦人物。

破烂中走来走去，偶尔用指甲弹弹台灯的绿玻璃罩或者椅子背。

“我真高兴你终于到我这里来了，”他说道。“我也睡不着觉。想想看吧——我妻子星期六就要到了。明天就是星期二了。可怜的姑娘，我能够想象她在我们那个应受诅咒的俄国经受了什么样的痛苦！”

加宁一直在闷闷不乐地企图破解一个画在纸上的国际象棋残局，这纸片和其他几张纸一起摊在床上，这时他突然抬起眼睛问道：“你说什么来着？”

“她快来了，”阿尔费奥洛夫夸张地一弹指甲，答道。

“不，不是那个，你把俄国叫做什么来着？”

“应受诅咒的。这是实情，不是吗？”

“我说不上来，只觉得这个形容词很奇怪。”

“我说，列夫·格列博维奇，”阿尔费奥洛夫突然在屋子中间停下来，“到了你该停止扮演一个共产党人的角色的时候了。你也许觉得这很好玩，但是，相信我，你这样做是非常错误的。是时候了，我们都应该坦率地承认它完了，我们‘圣洁’的俄国农民结果只不过是些灰色的渣滓——顺便提一下，这本是预料之中的——我们的国家永远完蛋了。”

加宁大笑起来。“很对，很对，阿列克谢·伊万诺维奇。”

阿尔费奥洛夫用手掌从上到下抹了抹他那发亮的脸，突然咧开大嘴，温柔地笑了。“伙计，你为什么不结婚，嗯？”

“没机会呀，”加宁说。“结婚有意思吗？”

“非常好。我的妻子可爱极了，浅黑色皮肤，你知道，眼睛特别有神。她还很年轻。我们是一九一九年在波尔塔瓦结婚的，一九二〇年我被迫移居国外。书桌抽屉里有相片——我拿给你看看。”他弯起手指抠着抽屉底下，把那个大抽屉拉了开来。

“那时候你在干什么，阿列克谢·伊万诺维奇？”加宁不无好奇地问道。

阿尔费奥洛夫摇摇头。“我不记得了。谁能记得上辈子是干什么的——也许是只牡蛎，也许是只鸟，比如说，也许是个数学老师？反正我们过去在俄国的生活像是上辈子发生的事，超自然的，你不管怎么叫它吧——不，这个词不怎么合适——对了，我知道了：是灵魂转生。”

加宁不怎么感兴趣地看着打开的抽屉里的相片，上面是一个头发蓬乱、快活地露着牙齿的年轻女人的脸。阿尔费奥洛夫在他肩膀后面探头看着。“不对，这上面不是我的妻子，是我妹妹，她得斑疹伤寒死在基辅了。她是个快乐的好姑娘，特别会玩捉人游戏。”

他拿出了另一张相片。

“这是玛丽，我的妻子。照得不好，但还是很像她。这儿还有一张，是在我们的花园里照的，穿着白连衣裙坐着的是玛丽。我已经四年没有见到她了，不过我想她不会有多大的变化。我真不知道怎么能活到星期六。等一等！你上哪儿去，列夫·格列博维奇？再待一会儿吧！”

加宁两手插在裤子口袋里，正向房门走去。

“怎么啦，列夫·格列博维奇？我说什么让你生气的话了吗？”

门“砰”的一声关上了，剩下阿尔费奥洛夫独自站在房子中间。

“真是的！太无礼了，”他咕哝道，“什么事惹着他了？”

三

那晚，和每天晚上一样，一个披黑斗篷的小老头沿着阒无人迹的长街的人行道费力地慢慢走着，他把一根弯弯扭扭的木棍的尖捅到沥青路面上寻找香烟头——金色的、软木的或普通纸的——和容易剥落成片的雪茄烟头。偶尔一辆汽车像马一样嗷嗷叫着一掠而过，或者发生点什么在城市里走路的人从来不会注意的事情：一颗星星会快如思绪轻如泪滴地落下。比繁星更炫丽更明快的是从一座黑色的屋顶上一个接一个喷射出来的火一样的字母，成单行展示后突然一齐消失在黑暗之中。

“这——可——能——吗，”字母在霓虹灯不引人注意的沙沙声中写道，然后被夜以柔和的一笔统统抹去。它们再度开始爬过天空：“这——可——能——”

黑暗再一次降临，但这些字会顽固地又一次亮起，最后，它们没有马上消失，而是根据广告公司和厂家的安排，亮整整五分钟后再灭。

可谁又说得清在房屋上方的黑暗中闪闪亮起的究竟是什么

呢——是发光的商品名称，还是人类思想的光芒；一个标志，一种召唤；还是猛力抛入天空、突然得到一个宝石般光亮而狂喜的回答的问题？

在这深夜最后一家啤酒屋已关门歇业的时刻，这些街道现在如黑色的海洋般宽阔，闪耀着光泽。一个俄国人放弃了睡眠，没戴帽子，旧雨衣下连上衣也没穿，神情恍惚地以超人的视力在街上行走。在这样晚的时候，这些宽阔的大街上走过的是彼此完全陌生的世界中之人：不再是寻欢作乐者、女人或仅仅是个过路人，而是各自属于一个完全孤立的世界，各自都是奇迹和罪恶的总合体。五辆出租敞篷四轮马车停在大街旁巨大的圆桶形街头小便池[①]旁：五个穿着马车夫制服的困倦的、暖和的灰色世界；以及另外五个蹄子疼痛地站着的世界，它们已经睡着了，梦中除了燕麦带着轻柔的噼啪声涌出麻袋外别无其他。

正是在这样的时刻，一切都变得难以置信、深奥莫测，生活似乎让人害怕，而死亡则更糟。正是这种时候，当你迈着大步迅速走过黑夜的城市，透过泪眼看着灯光，从中搜寻着对过去的幸福的绚丽夺目的记忆时——一个女人的面孔会在多年单调无聊生活的湮没之下重新复活——在你狂热地前进时，突然一个过路人有礼貌地使你停下，问你到某某街该怎么走；这是一个普通的声音，但也是一个你再也不会听到的声音。

---

① 原文是法文 pissoir。

四

星期二早上很晚醒来时，他觉得小腿肚子有点酸痛。他把一只胳膊支在枕头上，叹了一两口气。当他记起晚上发生的事时，所感受到的快乐使他既困惑又吃惊。

早上外面一片温柔朦胧的白色。窗玻璃庄重地隆隆震动着。

他坚决地跳下床，开始刮胡子。今天刮胡子让他觉得特别愉快。刮胡子的人每天早上会变得年轻一天。加宁觉得今天他不多不少整整年轻了九岁。他紧绷的皮肤上的胡子楂在雪花般的肥皂泡沫下变软了，不断发出咔咔声断落在他安全剃刀小小的钢刃上。他一面刮胡子一面耸动着眉毛，当他站在澡盆里用一只大水罐中的冷水往身上浇的时候，他快活地笑了。他把湿漉漉的黑头发梳刷整齐，很快穿好衣服走了出去。

除了那两个一般要睡到午饭时刻才起床的芭蕾舞演员之外，膳宿公寓里别的房客早上都不待在家里。阿尔费奥洛夫看一个打算一起做买卖的朋友去了，波特亚金去警察局搞出境签证，而克拉拉正在街角等有轨电车，胸前捧着一纸袋橘子，她上班已经晚了。

加宁十分平静地爬上了一座熟悉的房子的二楼，拉了拉门铃。一个女仆开了门但没有摘下门链，她向外窥探着，说鲁本斯基小姐还在睡觉。

“我不管，我一定要见她。”加宁说着把手从开着的门缝里伸进去，自己摘下了门链。

女仆是个脸色苍白且身材粗壮的女人，她气愤地咕哝着，但加宁坚决地把她搡开，大步走到半昏暗的走廊上，在一个门上敲了敲。

“谁呀？”传来了柳德米拉早上醒来时微带沙哑的声音。

“是我，开门。”

她光着脚啪哒啪哒地走过房间，转动了钥匙，没看加宁就跑回床边跳进了被子里。从她耳朵尖上可以看出她在笑，等着加宁走近她。

但是他停在了屋子中间，站了一阵，抖响着雨衣口袋里的辅币。

柳德米拉突然转身面朝上躺着，笑着伸开了光着的瘦胳膊。她早晨感到不适，脸苍白浮肿，黄头发根根直立。

“嗯，过来呀，”她恳求着，闭上了眼睛。加宁停止抖响口袋里的辅币。

“我说，柳德米拉，”他低声说道，她猛地坐起来，大睁着眼睛。

“出了什么事吗？”

加宁使劲盯着她，答道：“是的。我好像爱上了别人。我是来告别的。”

她眨着充满睡意的睫毛，咬住了嘴唇。

“就是这些，真的，”加宁说，“我很遗憾，但是没有办法。咱们现在就道别吧，我想这样要好一点。”

柳德米拉蒙住了脸，脸向下倒在了枕头上。她那天蓝色的被子开始向一旁滑落到毛茸茸的白地毯上，加宁拾起被子把它拉拉好，然后在房间里来回走了两次。

“女仆不愿意放我进来，”他说。

柳德米拉像死了一般躺着，把头埋在枕头里。

“她从来都没有真心地欢迎过我，”加宁说。

“该是关上暖气的时候了，已经是春天了，”过了一会儿他又说。他从门口走到白色的穿衣镜前，戴上了帽子。

柳德米拉依然一动不动。他在那儿又站了片刻，默默地看着她，然后发出低低的好像清嗓子一样的声音，接着便离开了房间。

他尽量放轻脚步迅速沿长长的过道走去，他开错了门，发现自己到了洗澡间里，里面伸出一只汗毛很重的胳膊并传出一声狮子般的怒吼。他陡地回转身子，和正在门厅里擦一个铜制半身雕像的矮胖女仆再度相遇，他开始最后一次走下那矮矮的石阶。平台上的大窗子敞开着，能看见后院，院子里一个巡演男中音歌手正用德语高唱着一首关于俄国伏尔加河的歌。

听着那像春天般充满活力的声音，看着那开着的窗玻璃上的彩色图案—— 一束立体的玫瑰和一个开屏的孔雀尾——加宁觉得自己自由了。

他慢慢地沿街走去，一面走一面吸烟。天亮堂堂的，有点冷；参差的白云从他面前建筑物的蓝色空间中升起。每当看见迅速飘动的白云他总会想起俄国，但是此刻他并不需要白云来提醒他，因为从昨晚以来他想到的只有俄国。

昨夜发生的快乐的隐秘事件，使他整个生命的万花筒转动起来，往事重上心头，使他不能自已。

他在公园的一条长凳上坐下，一直跟随身后的他那温柔的伙伴，他灰色的青春的影子，立刻在他脚旁伸展开来，开始说话了。

现在柳德米拉已经离去，他可以自自由由地听了。

九年前，一九一五年的夏天，一所乡间别墅，斑疹伤寒。斑疹伤寒后养病愉快得令人惊奇。你好像躺在起伏的空气之上；确实，你的脾脏偶尔还痛，每天早晨一位特意从彼得堡请来的医院护士会给你擦去舌苔——刚一睡醒，舌头还发黏——用蘸葡萄酒的棉花擦。护士个子很矮，有着柔软的胸部和小而能干的手。她身上散发出一种潮湿的、清凉的、老处女式的气味。她爱用带民间风味的讽刺妙语和在一九〇四年战争中学来的那点点日语。她有一个像捏紧的拳头那么大的农村女人的脸，鼻子极小，脸上有麻子。她的头巾下从来没有露出过一根头发。

你就像躺在空气之上。床的左边一道带波浪形曲线的黄褐色藤制屏风把床和门道隔了开来，在离他很近的右边的角落里放着圣像盒：玻璃后面是黑脸的偶像、蜡烛和一个耶稣钉在上面的珊瑚十字架。阳光从两扇窗子中较远的那扇直射进来。床脚带有铜雕的球饰，对准了窗户，球饰反射阳光变成了光泡，床头则好像在把自己从墙边推开出去；光泡似乎随时要穿过房间，飘出户外，融进深邃的七月天空，那斜挂着朵朵蓬松清亮的云彩的天空。另一扇窗子开在右侧的那面墙上，窗外是一片倾斜的浅绿色房顶：卧室在二层，所以窗外见到别墅单层侧翼的这个屋顶，屋子包括仆人住的下房和厨房。每天晚上，窗子从里面关上，漆成白色的折叠式百叶窗也关着。

屏风后的门通向楼梯，同一面墙的远处有一只发亮的白色火炉和一个老式洗漱台，带有一个贮水器和一个鸟嘴形的水龙头，你用脚踩一下铜踏板，一股细细的水流就会从水龙头里喷出来。正面那扇窗子的左边放着一个抽屉发涩的红木五斗橱，右边是一张小小的睡榻。

墙纸是白底带蓝色玫瑰花的，有时候当你神志不清时，会从这些玫瑰花上看出人的侧影来，或者眼睛上上下下在墙上漫游，尽量不要去碰到一朵花或一片叶子，要在花纹中找出空当挤过去、跑回来、陷进死胡同里，然后重新在那发亮的迷宫中开始你的行程。床的右边在圣像盒和侧窗之间挂着两幅画—— 一幅是一只玳瑁色的猫舐着碟子里的牛奶，另一幅上是在画出来的鸟巢上镶上了一只用真的欧椋鸟羽毛做的欧椋鸟。旁边窗框上安了一盏专会吐出一条黑色烟舌的油灯。屋子里还挂着别的画：五斗橱上方有幅袒胸的那不勒斯少年的平版画，洗漱台上方有幅在水中游动着、鼻孔大张着的马头的铅笔画。

从早到晚，床总是不断滑入炎热有风的天空，当你坐起来时，你能看见被从上方射下来的阳光染成金色的欧椴树尖、停落着雨燕的电话线，以及在红沙土车道和前廊联接处的木制天篷的一部分。从外面飘进来奇妙的声音——鸣啭的鸟叫、远处的狗吠、水泵的嘎吱声。

你躺在那儿，浮动着，想着你怎样很快便可以下床：苍蝇在一缕阳光中嬉戏；一团彩色的丝线球从你床旁母亲的大腿上跳到地下，像是有生命的物体慢慢地滚过琥珀色的镶木地板。

就是在加宁十六岁时养病的这个房间里孕育了那幸福，那个他一个月后在现实生活中相遇的姑娘的形象。一切都在那个形象的创造中起一份作用——墙上色调温柔的画、窗外小鸟的鸣啭、圣像盒中耶稣棕褐色的脸，甚至洗漱台上的小喷水池。这个嫩芽般的形象聚集、吸收着那个房间里一切明媚阳光所生的魅力，没有这它当然是不可能成长的。毕竟这只不过是个少年的预感，一层美妙缥缈的薄雾，但是现在加宁觉得，从来还没有这样的一种预感如此完完全全地得到过实现。星期二整整一天，他从一个广场溜达到又一个广场，从一家咖啡馆转悠到又一家咖啡馆，他的记忆不停地向前飞跃，如四月的云彩穿过柏林柔和的天空。坐在咖啡馆里的人以为这个目不转睛地死盯着前方的人一定有着某种深沉的悲哀；他在街上毫不在乎地撞在别人身上，有一次一辆疾驶的车子猛地刹闸，差点撞着他，开车人气得直骂。

他是一个神，正在重新建造一个已经消失了的世界。渐渐地他使那个世界复活了，他要使那个姑娘快活，不到那个世界完全形成他不敢把姑娘放进去。但是她的形象、她的存在、记忆中她的影子都要求他必须使她复活，哪怕是到最后——而他故意把她的形象推开，因为他想要像九年前一样逐渐地、一步一步地去接近她。他害怕出错，害怕在记忆那明亮的迷宫中迷路，便十分小心地、多情地重建他的过去，时而回过头去拾起某个遗落的细节，但是从不过快地往前跑。在那个春天的星期二，当他在柏林街头徘徊时，他又重头康复了一次，感受到第一次下床时的滋味，觉得两腿发软。他在每一面镜子里照着自己，他的衣服显得非同寻常的干净，出奇地宽大，微微有些陌生。他慢慢地沿着从花园平台通向园林深处的宽阔的林阴道走着，这儿或那儿在叶影下显得发紫的泥土会突然向上拱起成一个个鼹鼠丘，看起来像一堆堆黑色的蠕虫。他穿着白色的裤子和淡紫色的袜子，梦想着会遇见什么人，但还不知道这人是谁。

他走到了林阴路的尽头，那儿一张白色长凳在深绿的枞叶间闪闪发亮。他转回身子，在前方从欧椴树的空隙间，可以看到花园平台的橘红色沙土和阳台上闪烁夺目的玻璃窗。

护士回彼得堡去了；她长时间地把身子探出车窗外挥动着她粗短的小胳膊，风吹拂着她的包头巾。宅子里很凉爽，地板上有着片片日光。两星期以后他已经在自行车上骑得筋疲力尽，晚上还和养牛人的儿子玩俄罗斯九柱戏。又过了一个星期，他一直等待着的事件发生了。“可现在这一切都在什么地方呢？”加宁沉思着。“那幸福、那阳光在哪儿？那些撞击、弹起得那么好的、粗粗的九柱戏的木柱在哪儿？我那辆前把手很低、有着大的转动齿轮的自行车在哪儿？似乎有一条定律，说什么也不会消失，物质是不灭的；那么我九柱戏木柱上击落的木片、我自行车轮上的辐条到今天还在什么地方存在着。遗憾的是我永远不可能找到它们了——永远不可能。我曾在书上读到过‘永恒的回归’这种说法。但要是这个考验耐心的复杂游戏永远不再出现这样的结果呢？让我想一想——我有点地方不明白——对了，是这样的：我死后肯定不会一切都消失的吧？眼下我孤身一人在异国的城市里。喝醉了。脑袋被加了法国白兰地的啤酒弄得嗡嗡响，我已经游荡够了。如果我的心脏现在就破裂，那么我的整个世界都随之破裂了？我不明白。”

他发现自己又一次来到了同样的广场上那个小小的公园里，不过现在空气变得更加冷飕飕的了，苍白的天空在暮色中渐渐暗淡下来。

“剩下四天了：星期三、星期四、星期五、星期六。而我随时都可能死去。”

“振作起来！”他突然皱起阴沉的眉头咕哝道。“够了，该回家了。”

在走上膳宿公寓的楼梯平台时他遇见了阿尔费奥洛夫，他身子拱缩在肥大的外套里，专注地噘着嘴往电梯的锁孔里塞钥匙。

“我出去买份报纸，列夫·格列博维奇，愿意一起去吗？”

“谢谢，我不去，”加宁说着向自己的房间走去。

但是当他捏着门把手时他停了下来。突然他无法抗拒这一诱惑。他听见阿尔费奥洛夫走进电梯，听见电梯吃力地单调地隆隆开下去的声音及到达底层时的哐啷声。

“他走了，”他咬着嘴唇想道。“见鬼，我冒一下险吧。”

五分钟以后，克拉拉敲响了阿尔费奥洛夫的门，想问他有没有邮票。这是命运的安排。阿尔费奥洛夫房门上半部的毛玻璃透出了黄色的灯光，表明他一定是在房间里。

“阿列克谢·伊万诺维奇，”克拉拉叫了一声，在敲门的同时把门推开了一道缝，“你有……”

她惊奇地突然停了下来。加宁站在书桌旁，正匆忙地关上抽屉。他四下里看了一眼，牙齿一闪，用臀部把抽屉使劲往里一推，站直了身子。

“老天爷，”克拉拉咕哝着退出了房间。

加宁很快跟着她走了出去，随手关上灯，又“砰”地关上了门。克拉拉靠在昏暗的过道的墙上，惊恐地看着他，两只胖胖的手紧按着太阳穴。

“老天爷，”她用同样低低的声音重复道，“你怎么可以……”

电梯费力地喘息着，发出隆隆声缓慢地再次上升。

“他回来了，”加宁神秘地低声道。

“啊，我不会给你说出去的，”克拉拉悲痛地说道，晶莹的泪眼盯在他身上。“可是你怎么可以干这种事？他并不比你宽裕呀！不，真像一场噩梦。”

“咱们上你的房间去吧，”加宁微笑着说，“如果你愿意，我可以向你解释。”

她离开墙，低着头带他走进了四月五日房间。房间里很温暖，有一股优质香水的气味；墙上挂着一幅勃克林[①]《死岛》的复制品，桌上有一帧装在相框里的相片——是经过了大大加工的柳德米拉的脸。

“我们吵翻了，”加宁朝相片点点头说道。“她如果来看你别让我过来，我们俩的关系结束了。”克拉拉坐了下来，把脚跷在长沙发上，往身上裹了块黑披巾。

“这一切很冒失，克拉拉，”他接着说，一面在她身旁坐下，身子倚在自己一条伸开的胳膊上，“你当然不会真以为我在偷钱，对不对？我当然也不会愿意阿尔费奥洛夫发现我在翻他的抽屉。”

“可是你究竟在干什么呢？还会是干别的吗？”克拉拉低声

---

① Arnold Böcklin（1827—1901），德国画家，善作情调忧郁的风景画和不吉祥的寓意画。

道，“我没想到你会这样，列夫·格列博维奇。”

“你真是个古怪的姑娘，”加宁说。他注意到她那双和蔼的有点突出的大眼睛稍稍过分明亮了一点，她的肩膀在黑色的披巾下起伏得过于激烈了一点。

“好啦，好啦，”他微笑道，“那好吧，姑且假设我是个小偷，一个闯入别人房间盗窃的人。可是这为什么会让你这么难过呢？”

“请你走吧，”克拉拉轻声说，把头转开了。他大笑起来，耸了耸肩。

他关上门出去了以后，克拉拉哇地哭了起来，哭了好久。巨大晶莹的泪珠有节奏地从睫毛间涌出，一长串一长串地流过哭红了的双颊。

“可怜的人，”她喃喃地说，“生活把他搞到了什么地步！我能对他说什么呢？”

靠芭蕾舞演员房间的那面墙上传来了轻轻的叩击声，克拉拉使劲擤了擤鼻子倾听着。叩击声又响了起来，像丝绒般柔和，具有女子气：显然是科林在敲墙。然后传来一阵笑声，有人在大声说：“亚历克，啊，亚历克，住手。”然后两个声音开始了低声的、亲密的交谈。

克拉拉想到明天她得和平时一样去上班，敲打键盘直到下午六点，看着一行行打出来的深紫色的字随着枯燥、断续的格格声落到纸上；或者如果没有事情可做，她就会把借来的、破得让人难为情的书支在她那台黑色雷明顿牌打字机上阅读。她给自己泡了点茶，无精打采地吃了晚饭，然后慢吞吞地脱衣上床。她躺在床上，听见波特亚金房间里传来了声音，听见有人进屋出屋，然后加宁用响得出乎意料的声音说着什么，波特亚金用抑郁的低声回答他。她想起了今天老头又去办护照了，他心脏很不好，生命正在一点点逝去。她星期五就满二十六岁了。隔壁的声音一直不停——克拉拉觉得自己似乎住在一所摇摆沉浮的移动着的玻璃房子里。尽管火车的声音在走廊对面的房子里更响，但在她的房间里也能听得见，她的床似乎也在升降摇摆。有一刻她眼前出现了加宁俯向书桌、露出光亮的牙齿、回头四下张望时的背影。后来她就睡着了，做了个无聊的梦：她好像坐在一辆有轨电车里，旁边坐着一个特别像她在罗兹的姑姑的老太婆，用德语很快地说着话；后来慢慢发现她根本不是她的姑姑，而是克拉拉在上班的路上从她那儿买橘子的快活的女商贩。

五

那天晚上，安东·谢尔盖耶维奇有个客人。这是个上了年纪的绅士，蓄着英国式黄里带红的小胡子，一副堪可信赖的模样，他身穿礼服大衣和条纹花的裤子，非常干净利落。加宁进去时波特亚金正用美极鲜味浓汤在盛情款待他。空气因香烟的烟雾而带上了蓝色。

“加宁先生，库尼岑先生，”安东·谢尔盖耶维奇喘着粗气，夹鼻眼镜闪烁着，轻轻把加宁推到扶手椅中坐下。

“列夫·格列博维奇，这位是我的老同学，从前替我写过作弊文章。”

库尼岑笑了。“没错，”他说话声音深沉圆润。“不过亲爱的安东·谢尔盖耶维奇，告诉我现在几点了？”

“还早呢，还有时间再坐一会儿。”

库尼岑站了起来，把背心往下拉拉直，说道：“不行，我妻子等我呢。”

“要是那样我就没有权利留你了，”安东·谢尔盖耶维奇两手一摊，透过夹鼻眼镜斜视着客人说，“请代我问候你的妻子，我未曾有幸见过她，但仍请你代我问候。”

“谢谢，”库尼岑说，“我很乐意。再见。我想我把大衣脱在门厅里了。”

“我送你出去，”波特亚金说。“对不起，列夫·格列博维奇，我马上就回来。”

加宁独自一人，便更舒服地在那张绿色旧扶手椅中坐好，沉思地微笑着。他来拜访这位老诗人，因为他可能是惟一能够理解他这时的纷乱心情的人，他想对他讲述许多事情——关于俄国一条大路上的日落，关于白桦树林。毕竟他就是诗作出现在《世界画报》和《评论画刊》这类杂志的过期合订本上、标题带小花饰的那个波特亚金呀。

安东·谢尔盖耶维奇面色阴沉，摇着头走了回来。“他侮辱了我，”他说着在桌旁坐下，手指敲击着桌子。“啊，他是怎样地侮辱了我！”

“怎么啦？”加宁问道。

安东·谢尔盖耶维奇摘下夹鼻眼镜，用桌布边擦了擦镜片。

“他看不起我，就是这么回事。你知道他刚才对我说什么来着？他对我来了一个小小的讥讽的冷笑，然后说：‘你把时间都花在写蹩脚诗歌上了，我连一个字都没有读。我要是读了，就会把本可用来工作的时间浪费掉了。’这就是他对我说的话，列夫·格列博维奇。我问你——这是明智的话吗？”

“他是干什么的？”加宁问。

“天晓得。他很会赚钱。啊，咳，你知道，他是个……”

“这有什么可觉得受侮辱的？他有一种才能，你有另外一种才能。反正，我敢打赌你也看不起他。”

“可是列夫·格列博维奇，”波特亚金烦躁地说，“我看不起他不对吗？糟糕的还不是这个——糟糕的是像他这样的人竟敢要给我钱。”

他张开紧握的拳头，把一张团在一起的钞票扔在了桌子上。

“糟糕的是我拿了。你看一看，欣赏欣赏吧——二十马克，见鬼。”

老人似乎全身发抖，嘴一张一闭，下嘴唇底下小小的灰胡子一抽一抽的，胖胖的手指敲击着桌子。然后他带着痛苦的呼哧声叹了一口气，摇了摇头。

“彼得·库尼岑，是的，我还记得。他在学校时成绩很好，这坏蛋。他总是那么准时，口袋里放着一只表，上课时常常举起手指表示离下课铃响还有几分钟。中学毕业时得过金质奖章。”

“记起这些对你来说一定是件不可思议的事，”加宁沉思地说，“仔细一想，连记得一些每天的琐事都很奇怪——尽管其实根本不是每天的事——也许是几个小时前发生的事。”

波特亚金敏锐而和善地看了他一眼。“你怎么啦，列夫·格列博维奇？你的脸看上去光艳照人，是不是又爱上谁了？是的，我们的记忆方式是有点不可思议。你笑得多让人愉快呀，见鬼。”

“我来看你是有原因的，安东·谢尔盖耶维奇。”

“可我能给你的只有库尼岑。让他成为你的鉴戒吧。你在学校时过得怎么样？”

“一般，”加宁说，又笑了起来。“彼得堡的巴拉绍夫中学——

听说过吗？”他继续说道，不知不觉间带上了波特亚金的口气，人们在和老人谈话时常常会这样。“我还记得学校的操场，我们常在那儿踢足球，在一个拱门下面堆放着木柴，球时不时地会碰掉一块木柴。”

“我们喜欢玩‘打了就跑’和‘哥萨克和强盗’，”波特亚金说，“而现在生活已经消失了，”他突然加了一句。

“你知道吗，安东·谢尔盖耶维奇？今天我想起了以前登你的诗的那些老杂志，还有白桦树林。”

“真的吗？”老人转向他，带着善意的嘲弄神色看了他一眼。“我多傻啊——为了那些白桦树，我浪费掉了全部的生命，我忽略了整个俄国。现在，感谢上帝，我已经不写诗了，和诗了结了，我甚至对填表时称自己是‘诗人’而感到羞耻。对了，我今天又把事情搞得一团糟，那个官员甚至生气了，我明天还得去。”

加宁看着自己的脚，说道：“高年级的时候同学都以为我有个情人，那是什么样的情人啊—— 一个社交界的妇女。为此他们很尊敬我。我并没有提出异议，因为是我自己散布的这个谣言。”

“哦，”波特亚金点点头，“你这人有某种精明之处，列维什卡[①]，我喜欢这一点。”

“事实上我贞洁得可笑，而且并不因此有什么不好的感觉。这像个特殊的秘密，我感到很骄傲，但是别人全以为我经验丰富。你要知道，我绝不古板或怕难为情，我就是觉得那样生活、等待很幸福。而我的那些满嘴脏话、一听见‘女人’这个词就喘粗气的同学

---

① Lyovushka，列夫(Lev)之爱称。

都是手心出汗脸上斑斑点点的肮脏家伙，他们的斑点使我看不起他们，他们关于自己在爱情奇遇上撒的谎让人恶心。”

“我必须承认，”波特亚金缺乏生气的声音说道，“我第一次是和一个侍女。她非常温柔甜美，有着一双灰色的眼睛。她的名字叫格拉莎。事情常常是这样的。”

“不，我等待过，”加宁柔声说道，“从青春期开始到十六岁，我等了大约三年。我十三岁时有一次玩捉迷藏，和一个与我年龄一样大的男孩一起躲在一个大衣柜里，在黑暗中他告诉我，有些妙极了的美人，给钱就肯脱衣服。我没听清他叫她们什么，我以为他说的是‘主女’——由‘公主’和‘有年轻女人的地方’合在一起的词，因此她们在我脑子里形成了一种令人着迷的、神秘的形象。不过我当然很快就明白自己大错特错了，因为我看不出那些在涅夫斯基街上走来走去、扭动着屁股、把我们这些男中学生叫做‘铅笔杆’的女人有什么吸引人之处。在我引以为豪的三年贞洁生活之后，等待结束了。那是在夏天，在我们的乡间别墅里。”

“是的，是的，”波特亚金说，“我能想象出来，不过是老掉牙的一套了：美妙的十六岁，林中的爱情。”

加宁好奇地看着他。“可是还有什么能比这更美好呢，安东·谢尔盖耶维奇？”

“啊，别问我，我也不知道，亲爱的伙计。我把应该放进自己生活的一切都放到了我的诗歌里，现在要从头开始已经太晚了。现在在我脑子里出现的惟一想法是，最终算账的时候，是个性情乐观的实干家要好一些。你如果非得喝醉不可的话，那就好好喝个醉，把那地方砸个稀烂。”

“也有这个因素，”加宁笑道。

波特亚金想了片刻。“列夫·格列博维奇，你刚才谈到俄国的乡村，我想你可能还会看到它，但我这把老骨头是要留在这里的了，如果不在这里那就在巴黎。我今天好像心情特别不好，请原谅。”

两个人都沉默了起来。一列火车驶过，在远远的地方一辆机车发出了一声凄凉而沮丧的尖鸣。在没有窗帘的玻璃窗外，夜色冷蓝，玻璃上映出灯罩和照得亮亮的桌子的一角。波特亚金躬着背坐在那里，灰色的头低垂着，手里转动着一只皮制香烟盒。他心里在想些什么不可能知道：是关于过去的生活的沉闷；还是年老、疾病和穷困如同映照在夜窗上的阴影般，清晰地出现在他脑海中；还是关于他的护照和巴黎；还是在闷闷不乐地想，他的靴子尖正好与地毯上的图案相吻合；还是他多么想喝上一杯冷啤酒；还是客人已经待得太长了——天知道。但是当加宁看着他低垂的大脑袋、耳朵里因年老而长出的一撮毛，以及因长年伏案书写而圆拱着的双肩，他突然感到一阵悲哀，失去了谈论俄国的夏天、公园中的小径的任何愿望，更不要说昨天发生的那件令人惊奇的事情了。

“哦，我该走了。睡个好觉，安东·谢尔盖耶维奇。”

“晚安，列维什卡，”波特亚金叹了口气道，“我们谈得很高兴。至少你不因为我接受了库尼岑的钱而看不起我。”

只是在最后一刻、在门口时加宁才停住脚步说：“你知道吗，安东·谢尔盖耶维奇？我刚开始了一段美妙的恋情，现在我要到她那儿去了，我非常幸福。”

波特亚金鼓励地点了点头。“哦，代我问候她。我未能有幸见到她，不过还是拜托代我问候她。”

六

说来也怪，他已经想不起来第一次见到她的确切时间了。也许是在他父母田产边上一个谷仓里举行的慈善音乐会上，不过也可能在那之前他就看见过她。当地陆军医院(一场世界大战正在如火如荼地进行)里的一个学生护理员对他讲起这个十五岁的“可爱而了不起”——这是那个学生的话——的姑娘时，她的笑声、她那温柔的容貌、浅黑的皮肤和头发上的大蝴蝶结不知怎地对他来说都很熟悉，而这次谈话是音乐会以前的事。现在加宁拼命搜索记忆也没有用，他就是想象不出他们第一次见面的情景。事实是，在那场斑疹伤寒以后极端快乐的日子里，他怀着如此的渴望等待着她，如此经常地想到她，结果是在他真正见到她以前很久就塑造出了她独特的形象。现在，多年以后，他感到他们想象中的相遇和在现实中的相遇已难以觉察地合在了一起，因为作为一个有血有肉的人，她只不过是预兆中那个形象的延续。

在那个七月的夜晚，加宁推开了嘎吱作响的铸铁大门，走进了蓝色的暮霭。黄昏时自行车跑得特别轻松，车胎接触大路边硬土地上的每一个坑洼和凸起处时都发出一种沙沙声。当他滑行经过昏暗的马厩时，里面飘出一股暖气，一声鼻息和蹄子移动时轻微的落地声。再往前，路的两边都是白桦树，在黄昏中静悄悄的。然后，像在打谷场上闷燃着的火，在一片田地中间闪出微弱的光，黑色的人流带着欢乐的嗡嗡声向孤零零地站立在那儿的谷仓迤逦而去。

谷仓里已经匆匆搭好了一个台子，安好了排排凳子，灯光照亮了人们的头和肩膀，在他们眼中闪动。谷仓里有一股焦糖和煤油的气味。很多人都来了；后面满是村夫村妇，中间是住别墅的人，前面坐在从别墅的园子里借来的白凳子上的是村里陆军医院中的二十几个病人，他们一声不响，愁眉不展，圆圆的头上片片秃块使剃得很光的青灰色头皮斑斑驳驳。装饰着冷杉枝的墙的各处都有裂缝，裂缝中露出夜晚的星空和爬上高高的木堆向里张望的农村少年的黑色身影。

从彼得堡来的唱歌剧的男低音歌手是个马脸瘦子，他带着很强的共鸣音唱了起来；乡村小学的合唱队按音叉轻轻敲动的旋律一起唱起了副歌。

在一片炽热炫目的黄色灯光中；在以可见的形式——红色、银色头巾的皱褶，闪动的睫毛，夜风吹动时房梁上移动的黑色影子——表现出来的声音中；在闪闪发光的一切和流行音乐声中；在这巨大、拥挤的谷仓里的所有脑袋和肩膀之中，加宁只看得见一样东西：他看着前面一绺扎着黑蝴蝶结的棕色长发，蝴蝶结的边已经有点磨损了。他的眼睛爱抚着她鬓角旁那平滑的深色头发上一层少女特有的光泽。每当她侧过脸对坐在她旁边的女孩微笑着投去迅速的一瞥时，加宁还可以看见她红扑扑的面颊，亮闪闪的、鞑靼人式的眼睛的一角，和她笑的时候一张一缩的鼻孔的优美曲线。后来，音乐会结束以后，当地一个工厂主的大汽车送走了彼得堡来的男低音歌手，车灯在草地上投射出神秘的亮光，然后，强烈的灯光扫过一棵熟睡的白桦树和小溪上的一座小桥；度假者所穿的白色节日长外衣飘动着，人们在深蓝的夜色中穿过沾满露珠的苜蓿地散去，有人在黑暗中点香烟，两手合成杯状把燃着的火柴举到面前；这时加宁在孤独激动中步行回家，他推着车座往前走，自行车的轮辐发出轻微的嗒嗒声。

在庄园宅第的厢房，食品贮藏室和管家的卧室之间有一个宽敞的老式抽水马桶间；窗子朝着花园中荒芜了的一部分，那儿在一片铁皮屋顶的遮挡下，一口井上架了两个黑色的轮子，一条木水槽穿过三棵浓密的大白杨树露在地面的弯弯曲曲的树根。窗上装饰着一个留着四方胡子、有结实小腿的彩色玻璃骑士，骑士在昏暗的煤油灯下发出奇异的光亮。这是一盏带马口铁反射镜的煤油灯，挂在粗重的丝绒拉绳旁。拉一下拉绳，从那栎木宝座的神秘深处就会传出隆隆的水声和沉重的咯咯声。加宁一把推开窗子，把自己连脚带人安顿在了窗台上。丝绒拉绳微微晃动着，白杨树间黑黢黢的星空让人想深深地长叹一声。那一刻，他郁郁地坐在厕所的窗台上，想着他也许永远永远都不会认识在纤柔的脖子后面扎黑色蝴蝶结的那个姑娘，他徒劳地等待着夜莺像费特[①]诗中所写的那样在白杨枝头鸣叫——现在加宁认为，在他整个生命中那是最重要最崇高的一刻，这是很正确的。

---

① Afanasy Afanasevich Fet(1820—1892)，俄国诗人，以诚挚而热情地描写大自然和爱情的抒情诗闻名。

他不记得下一次见到她是什么时候了，究竟是第二天还是一个星期以后。那是日暮时分，在吃晚茶之前，他一甩腿骑上开裂了的皮车座，弓身趴在车把手上向着西天的红霞骑去。他总是选择同样的环形路线，穿过被松林隔开的两个小村庄，然后沿着公路、穿过田间，经过一个世纪以前雷列耶夫①歌颂过的奥列杰日河上的大村子沃斯克列辛斯克回到家中。他对这条路非常熟，它时而又窄又平，结实的边缘沿着一条危险的水沟伸展，时而是卵石路面，把他的前轮高高颠起，有些地方又刻上了道道需小心对付的沟辙，然后又会是平坦、坚实、透出粉红色的路面。他凭感觉和视觉像熟悉一个有生命的躯体一样熟悉那条路，他熟练地沿这条路骑着，踩着充满弹性的脚蹬子进入沙沙作响的空间。

夕阳把小松林中粗糙的树干染成道道火红；夏季别墅的花园中传来了槌球的撞击声；蠓虫不断飞进人的嘴巴和眼睛里。

有时在公路上骑的时候，他会在金字塔形的修路石堆旁停下，石堆上方露出的一条条发灰的、剥落痕迹的木头电线杆发出轻柔的、凄凉的嗡嗡声。他会靠在自行车上，越过田野看着那些只有在俄国才能找到的森林的边缘：遥远、呈锯齿形、黑蒙蒙，而在它的上空，只有一条长长的淡紫色的云将金黄色的西天断开，太阳光从这条云的下面射出，像一把燃烧着的扇子。当他凝视着天空，听着远处村子里一头母牛几乎是梦幻般的哞哞声，他试图去理解这一切的意义——那天空，田野，发出嗡嗡声的电线杆；他觉得自己正要明白的时候，头突然开始眩晕起来，那片刻的清醒伤感就变得难以忍受了。

---

① Kondraty Fyodorovich Ryleev(1795—1826)，俄国革命诗人，一八二五年十二月党人起义领袖。

他不知道在什么地方他可能遇见或赶上她，在哪个转弯处，是在这片还是下一片小树林里。她住在沃斯克列辛斯克，常常在无人的和煦黄昏、在和他完全相同的时候出来散步。加宁从远处看见了她，心口顿感凉意。她走得很快，穿着蓝裙子，双手插在白衬衫外面的蓝哔叽夹克衫口袋里。当加宁像阵轻风赶上她时，他看见的只是在她背上起伏的蓝色皱褶和像两只伸开的翅膀般的黑色绸蝴蝶结。当他滑行经过她身旁时，他看也没有看她的脸，而是装作一心骑车；尽管就在一分钟前，他想象着他们见面的情景时，曾发誓要对她微笑，和她打招呼。那时他觉得她一定有着一个不寻常的、响亮的名字，当他从同一个同学处得知她叫玛丽时，他一点也不觉得惊奇，就好像他事先已经知道了似的——对他来说这个小小的简单的名字带上了新的声音和一层迷人的意义。

“玛丽，”加宁轻声说道，“玛丽。”他深深吸一口气，屏住呼吸，倾听着自己心脏的跳动。这时大约是凌晨三点钟，火车不开，因此房子似乎静止不动了。椅子上搭着他脱下来的衬衫，在黑暗中现出白色模糊的形状，两只袖子伸开着，像一个人在祷告中间突然僵在了那里。

“玛丽，”加宁又重复了一遍这个名字，努力想在这两个音节中放进它曾经含有过的全部的动听的声音——风声、电线杆的嗡嗡声、幸福——还有另一个给这个名字以生命的秘密的声音。他仰面躺着，倾听着自己的过去。不久从隔壁房间里闯进了低低的、轻柔的突——突——突——突声：阿尔费奥洛夫正翘望着星期六的到来呢。

七

第二天，星期三的早上，埃莉卡那只赤褐色的爪子伸进了四月二日房间，往地上扔下了一只紫红色的长信封。加宁漠不关心地认出了那大大的、倾斜的、非常规则的笔迹。邮票贴反了，埃莉卡肥大的拇指在信封的一角留下了一个油印。信封弥漫着香水味，加宁顺带想到，往信上洒香水就像往靴子上喷香水然后过马路一样。他往嘴里满满吸了一口气，吐了出去，把没开封的信塞进了口袋里。几分钟后他又把信拿了出来，在手里翻了个个儿后扔在了桌子上，然后他在房间里来回踱了两次。

膳宿公寓里的门全都开着，早晨打扫房间的声音和趁穿堂风之便穿过所有房间的火车声交织在一起。加宁上午都在家，一般都自己打扫房间和铺床。这时他突然意识到这已经是他第二天没有收拾房间了。他走到过道里去找扫帚和掸子。丽季娅·尼古拉耶夫娜提着个水桶像只老鼠般匆匆经过他的身边，她走过时问道："埃莉卡把信给你了吗？"

加宁默默地点了点头，拿起放在栎木柜上的一把长柄刷子。在过厅的镜子里他看到了映出来的阿尔费奥洛夫房间的里面，因为房门大敞。在那间充满阳光的房间里——那天天气极好——一个光亮的圆锥形尘土柱斜扫过书桌的一角，加宁痛苦而清晰地想起了那些先是由阿尔费奥洛夫给他看、后来又被克拉拉撞见他独自如此激动地审视的相片。在那些相片里玛丽和他记得的一模一样，想到他的过去就躺在别人的抽屉里，这简直太可怕了。

丽季娅·尼古拉耶夫娜迈着小碎步嗒嗒沿走廊走去时“砰”地推上了门，镜中的映象消失了。

加宁拿着地板刷回到自己屋子里。桌上放着一个紫红色的长方信封。信封和镜子里照出的那张书桌唤起了他迅速的联想，使他记起了那些放在一个黑钱包里的信，钱包旁有一把他从克里米亚带回来的自动手枪，全放在衣箱底部。

他从桌上一把抓起那只长信封，用胳膊肘把窗子再推开一些，然后用他有力的手指把信横着一撕两半，接着又把每一半撕碎扔进风中。纸片像雪花般闪闪飞落到阳光照亮的深渊之中。有一张碎纸片飘到窗台上，加宁看见撕剩的几行字：

ourse, I can forg

ove. I only pra

hat you be hap

他从窗台上把纸片弹落到散发着煤气和春天气息的开阔的院子里。他宽慰地耸了耸肩，开始收拾屋子。

后来，他听见同住的房客一个个回来吃午饭，听见阿尔费奥洛夫高声大笑，听见波特亚金轻轻地咕哝着什么。过了一会儿埃莉卡出现在过道里，沮丧地敲了一记开饭锣。

加宁在去吃午餐的路上追上了克拉拉，克拉拉害怕地看了他一眼。加宁笑得这样好看，这样和善，克拉拉心想："就算他是个小偷又怎样——没有人和他一样。"加宁打开了门，她低下头走过他身边进了餐厅。别的人都已经在各自的位子上坐好了，丽季娅·尼古拉耶夫娜干瘦的小手里拿着一把巨大的勺子正在郁郁不乐地往外舀汤。

波特亚金今天又没办成；老头实在是没有福气。法国人已经同意他入境了，可是德国人却不知为什么不让他离境，而他剩下的钱只够他上路用。如果这种混乱再持续一个星期，他就不得不把钱花在维持生活上，那样钱就不够让他到巴黎了。他一边喝汤一边以沉重、生硬的幽默描述着他如何被从一个部门赶到另一个部门，如何无法说明自己的要求，以及最后如何被一个又累又气的官员骂了出来。

加宁抬起头来说："明天让我和你一起去吧，安东·谢尔盖耶维奇。我有的是空闲时间，我帮你去和他们谈。"

他的德语确实很好。

"哦，谢谢你，"波特亚金答道，他像前一天那样又一次注意到了加宁那异乎寻常的欢快表情。"真够让人哭得出来的，你知道。我又排了两小时的队，还是空手而归。谢谢你，列维什卡。"

"我估计我的妻子也会遇到麻烦的，"阿尔费奥洛夫开始说，这时加宁身上发生了一件从来没有发生过的事，他感到一阵难忍的红晕慢慢布满了他的脸，使他前额发痒，好像醋喝多了似的。他来吃午饭时并没有想到这些人，这些他流亡梦境生活中的幽灵会谈到他的真正生活——谈到玛丽。怀着羞耻和惊恐，他想起前天午餐时由于不知情，他竟和别人一起嘲笑过阿尔费奥洛夫的妻子。而今天可能有人还会笑的。

“不过她很会办事，”阿尔费奥洛夫这时仍在说，“她能维护自己，知道怎么保护自己，我的小妻子会的。”

科林和戈尔诺茨维托夫交换了一下眼色，咯咯笑了起来。加宁一声不响，绷着脸搓了个面包球。他差一点站起身走出去，但还是控制住了自己。他抬起头，迫使自己看了一眼阿尔费奥洛夫，这一看使他奇怪玛丽怎么可能嫁给这么一个有着稀疏的小胡子和发亮的胖鼓鼓的鼻子的家伙。想到他正坐在一个爱抚过玛丽、感知过她的双唇、她的玩笑、她的笑声、她的一举一动，而且现在正等待着她的到来的男人旁边，这简直太可怕了，但与此同时，当他想到玛丽是向他而不是她丈夫首先献出她那深情而独特的芬芳时，他也感到某种激动人心的自豪。

午饭后他出去散步，然后爬上一辆公共汽车的上层。街道在他下面流逝，小小的黑色人影在阳光照耀的柏油路上匆匆来往，公共汽车晃动着发出隆隆的声响——加宁感到在他眼前闪过的这个异国城市只不过是一场电影。他回到家里时看见波特亚金在敲克拉拉的门，而他觉得波特亚金也仿佛是个幽灵，无关紧要，毫不相干。

“我们的朋友又爱上什么人了，”安东·谢尔盖耶维奇在和克拉拉一起喝茶时冲着门点了点头说，“不是你吧，是吗？”

克拉拉转开头去，丰满的胸部一起一伏。她无法相信这是真的；她很害怕，她怕那个搜劫别人书桌的加宁，然而波特亚金的问题仍然使她高兴。

“他不是爱上你了吧，是吗，克拉诺奇卡[①]？”他重复道，一面吹着茶，眼光越过夹鼻眼镜斜看了她一眼。

“他昨天和柳德米拉断了，”克拉拉突然说道，她觉得可以对波特亚金说出这个秘密。

“我猜就是这么回事，”老人点点头，津津有味地啜了口茶。“他不会无缘无故地这样一副喜气洋洋的样子。旧的去了，新的来了。你听见他今天是怎么对我建议的吗？他明天要和我一起去警察局。”

“今天晚上我会见到她，”克拉拉沉思地说，“可怜的姑娘，她在电话中听起来难过得要死。”

波特亚金叹了口气。“啊，年轻人。那姑娘会恢复过来的。没有什么损害。这样最好。至于我嘛，克拉诺奇卡，我不久就要死了。”

“天哪，安东·谢尔盖耶维奇！尽瞎说！”

“不，不是瞎说，昨天夜里我心脏病又发作了。我的心一会儿跳到嘴里，一会儿又落到床底下。”

“可怜的人，”克拉拉焦急地说，“你该去看医生。”

波特亚金笑了。“我说着玩的。其实正相反，我最近觉得好多了，没有犯过病。我是临时瞎编的，就为了看看你的大眼睛睁得更大。你要是在俄国，克拉诺奇卡，某个乡村医生或富裕的建筑师会追求你的。告诉我——你爱俄国吗？”

---

① Klarochka，克拉拉之爱称。

“非常爱。”

“就是，我们应该爱俄国。没有我们流亡在国外的人对她的爱，俄国就完了。生活在那里的人没有哪个爱她。”

“我已经二十六岁了，”克拉拉说，“我整个上午都打字，一周五天，我一直工作到六点钟，我很累，我在柏林很孤单。你怎么看，安东·谢尔盖耶维奇——这种情况会持续很久吗？”

“我不知道，亲爱的，”波特亚金叹了口气道，“要是知道我会告诉你的，但是我不知道。我也工作过，我在这里创办了一本杂志，可现在却没有任何成绩可言。我只求上帝我能到巴黎去，那儿生活要自由些、容易些。你怎么看——我会去那儿吗？”

“哎呀，当然会的，安东·谢尔盖耶维奇。明天一切都会安排好的。”

“显然，生活要自由些——而且也便宜些，”波特亚金说，他用勺盛起了一小块没有化掉的糖；心想这小小的多孔的糖块还真有点俄国的特点，有点像春天正在融化的雪。

八

就生活常规这个意义而言，和柳德米拉断绝关系之后加宁的日子变得更空了，但是他并未因为无所事事而感到厌倦。他全神贯注在回忆之中，根本没有意识到时间。他的影子住在多恩太太的膳宿公寓中，而他本人则在俄国，他重温记忆中的一切，仿佛那是现实似的。对他来说，时间变成了回忆的进程，逐渐展开。尽管在那遥远的过去，他和玛丽的恋情延续了不止三天，不止一周，而是长得多，但他并没有感到具体的时间和他重温过去的时间之间的差距，因为他的记忆并不把每一个时刻都考虑在内，而是跳过那不值得记忆的段段空白，只照亮那些和玛丽有关的时刻。这样，在过去的生活和现实的生活之间就不存在任何差距了。

似乎他的过去以那种已经达到的完美形式，像是一个常规的模式贯穿于如今他柏林的日常生活之中。无论加宁现在做什么，过去的另一种生活永远慰藉着他。

这不仅是回忆，还是一种比他的影子在柏林所过的生活更真实、更热切的生活。它是在真正柔情关怀下发展起来的奇妙异常的浪漫史。

在俄罗斯北部，到了八月份的第二周，空气中就有了一丝秋的气息。时不时会有一片小小的黄叶从白杨树上落下；收割后的广阔田野呈现出秋日的明亮与空旷。在森林的边缘，还未被晒干草的农民割掉的一片高高的青草在风中闪着亮亮的光泽。迟钝的野蜂在紫红色的斑驳的花丛中安眠。一天下午，在园林中的一个亭子里——

是的，亭子。它建在深谷之上，桩子已开始腐烂，两边各有一道倾斜的小桥通到那里，桥面落满杨树花絮和松针，很滑。

亭子小小的菱形窗框上镶着颜色不同的玻璃：如果你从一块蓝玻璃向外看，世界便仿佛凝固在月球的朦胧意境之中；从黄玻璃往外看，一切就显得特别欢快；从红玻璃往外看，天空是粉红色的，树叶颜色深得像勃艮第红葡萄酒。有的玻璃被打破了，蜘蛛网把锯齿形的破边联结了起来。亭子里的墙是粉刷过的；从自己的别墅违禁溜达进这私家花园的度假者用铅笔在墙上和折叠桌上乱涂乱写。

有一天，玛丽和两个长得很一般的女友也漫步到了这儿。他先是在沿小河的路上赶上了她们，而且骑得离她们非常近，以致她的女友们惊叫着跳到了一边。他继续环绕着园林骑，然后从中间穿过，在远处从树叶缝里看着她们走进了亭子。他把自行车靠在一棵树上，尾随她们走了进去。

“这儿是私人宅院，”他用粗哑的低声说，“大门上还贴着告示呢。”

她没有回答，眼睛淘气地斜着看他。他指着墙上一处模糊的乱涂的地方问道：“是你写的吗？”

上面写的是："玛丽、丽达和尼娜七月三日在此亭躲避雷雨。"

三人全都大笑起来，他也笑了。他坐在窗旁的桌子上，甩着两条腿，生气地发现一只黑袜子在脚踝处被他钩了个洞。突然玛丽指着丝袜上露出了粉红色肉的洞说："看——太阳出来了。"

他们谈论雷雨、住在别墅里的人们、他得的斑疹伤寒、陆军医院那个滑稽的学生护理员，以及那场音乐会。

她的眉毛灵活可爱，皮肤较黑，上面覆盖着一层极其纤细的有光泽的茸毛，使她的双颊带上了特别温暖的色彩。她说话时鼻孔张大，发出短促的笑声，嘴里嚼着一根草茎上的甜香。她说话快，略带粗哑的喉音，有时突然有深沉的胸腔音，裸露的颈上颤动着一个浅凹。

傍晚时分他送她和她的女友回村子去，他们沿着林中一条长满野草的绿色小径走到有张歪斜的长凳的地方，他绷着脸对她们说："通心粉长在意大利，小的时候叫做线面。意大利语里通心粉——迈克罗尼——的意思是迈克的蛔虫。"

他安排好第二天带她们一起去划船，但是她独自来了。在摇摇晃晃的栈桥上，他解开了又大又重的红木划艇的咣啷作响的铁链，取下了盖舱布，拧上了桨架，从一只长盒子里拿出了桨，把舵栓插进了钢座中。

远处传来了水磨房旁水闸门处持续的轰鸣声；可以看得清泡沫四溅的高处落下的层层叠叠的水流和在那附近漂浮着的松木上的金褐色的光泽。

玛丽坐在船尾。他用船钩把船推离岸边，然后开始缓慢地沿公园岸划去。岸上茂密的桤木丛在水上投下黑色的眼状斑纹的影子，许多深蓝色的小蜻蜓在四周飞掠。后来他把船朝河中心划去，在锦缎般的水藻小岛间穿行，而玛丽则一只手捏着转舵索的两头，另一只手垂在水中企图摘下黄烁烁的睡莲。桨每一划动，桨架便发出一阵嘎吱声，当他前伸后仰划桨时，面对着他坐在船尾的玛丽便交替着离他一近一远，她的海军蓝夹克敞着，里面一件薄薄的衬衫随着呼吸一起一伏。

这时河中映出了左侧的红土河岸，河岸上长满了杉树和总状花序的植物。红色的陡坡上刻着人名和日期，一个地方有人十年前刻上了一个颧骨凸出的巨大的脸。右岸坡很缓，斑驳的白桦树之间是片片紫色的石楠。然后在一座桥下船被包围在阴凉的黑暗之中；头上传来沉重的马蹄声和车轮声；船从桥下轻轻驶出，耀眼的阳光照得桨尖闪闪发亮，眼前展现出正在通过这座矮桥的干草车，以及一片绿草坡上一座门窗用木板钉上的亚历山大式乡间宅第的白柱子。然后一片阴森森的树林一直伸展到两岸水边，小船在一片轻柔的沙沙声中驶进了芦苇丛。

家里没有人知道这事；生活继续按亲切的、熟悉的、夏季特有的方式进行着，几乎没有受到在遥远地方进行了整整一年的战争的任何影响。这座灰绿色木质旧房屋与侧翼之间由长廊相连，房屋的一对阳台装有彩色玻璃窗，这儿正对着花园的边缘，以及镶在花木茂盛的黑土花坛周围的橘黄色呈纽结形图案的园中小径。在有着白色家具的客厅里，大部头的旧杂志合订本堆放在绣着玫瑰花的桌布上，框架是椭圆形的向前倾斜地挂着的镜子里现出黄色的镶木地板，每当那架竖立的白色钢琴丁丁冬冬地奏出活力时，墙上用达盖尔银版法摄制的相片就似乎在倾听。傍晚，穿蓝衣服的高个子男管家戴着线手套端一盏绸灯罩的油灯出来，把灯放在阳台上，加宁便回家在点着灯的阳台上喝茶、吞食奶油点心。阳台地上铺着蒲席，通向花园的石阶旁是黑月桂。

现在他每天都和玛丽在河的另一边见面，那儿绿色的小山上有一所无人居住的白色宅子，那儿有个比他祖居旁的园林更大、更荒凉的园子。

在那所宅子前面的欧椴树下，在一片俯瞰小河的大露台上，有几张长凳和一张圆铁桌，铁桌中间有一个让雨水流掉的洞。从那儿可以看见下面远处有另一座桥，跨越在漂着绿色浮物的河的转弯处，那条路通向沃斯克列辛斯克。这个露台是他们最爱来的地方。

有一次，当他们在暴雨后一个晴朗的黄昏在此相会时，他们注意到在那张圆桌上有人写下了肮脏的句子。村子里的什么小流氓用一个简短、粗鲁的动词把他们的名字联在一起，而且那个词还拼错了。字是用难以擦去笔迹的铅笔写的，已经被雨水冲得有点模糊了。桌面上还沾着树枝、树叶和白色蠕虫般的鸟粪。

既然这是属于他们的桌子，既然这桌子因他们在此相会而变得神圣，他们便平静地、一言不发地开始用一把把青草擦掉那湿的字迹。当整个桌面变成可笑的淡紫色、玛丽的手指好像刚刚摘完欧洲越橘似的时候，加宁转过脸去，眯着眼使劲盯着其实是欧椴树叶但此时是一片温暖的流动着的黄绿色的东西，向玛丽宣布说他爱上她已经很久了。

在恋爱的初期，他们接吻勤得玛丽的嘴唇都肿了，在蝴蝶结下十分温暖的脖子上留下了轻微的吮吸的痕迹。她是一个快活得令人惊奇的姑娘，她的笑是出于幽默感而并非出于嘲笑。她特别喜欢音韵铿锵的句子、口号、双关语和诗。一首歌会在她脑子里记住两三天，然后被忘记，由一首新歌取代。比如说在他们头几次会面时，她用粗哑的声音不断深情地重复唱着：

他们把万尼亚的手脚捆住
他在狱中长期受苦受辱

然后她会用低沉的声音沙哑地笑着说："多好听的歌！"在那段时期，最后一批甜甜的经雨水滋润生长在沟渠里的野山莓正先后成熟起来。她特别爱吃野山莓，事实是，她几乎是永远在嘴里啜着什么东西—— 一根草茎、一片叶子、一块水果硬糖。她口袋里总散放着蓝令牌焦糖，全都粘在一起，上面还沾着毛绒和乱七八糟的废物。她用一种叫"泰戈"的廉价甜味香水。现在加宁努力想重新体验那和秋日园林中的清新气息混和在一起的香气，但是我们知道，记忆可以使一切重现，惟独无法重现气味；尽管只有一度与之相联系的气味才能使过去完全复活。

有那么一会儿加宁停止了回忆，心想他如何竟能这么多年没有想到玛丽而仍然活着——然后很快她又出现了：她正沿着一条幽暗的、沙沙作响的小路奔跑，奔跑中那黑蝴蝶结就像一只巨大的黄缘蛱蝶。突然玛丽停了下来，抓着他的肩膀，抬起一只脚，开始把满是沙土的鞋在另一条腿上方那挨着蓝裙子边的袜子上蹭。

加宁衣服也没脱躺在床罩上就睡着了；回忆模糊起来，变成了梦。这梦很怪但非常珍贵，如果不是黎明时他被一种像一串雷声似的怪声音惊醒的话，他本来是会记得这梦的。他从床上坐起来倾听。雷声原来是他门外一阵莫名其妙的呻吟和拖动脚步的声音；有人在蹭他的门。在昏暗的黎明中，微微闪现的门把手突然被按了下去又弹了上来，尽管门没有锁但并未被打开。加宁愉快地期望会有什么奇遇，轻轻下了床，左手捏成拳头以备不时之需，右手呼地一下拉开了门。

一个男人像个巨大的玩具娃娃一下子面朝下倒在了他的肩上。这简直太意外了，加宁差点给了他一拳，但他立刻意识到这个人之所以倒在他身上是因为他站不住了。他把他向墙推去，摸索着开了灯。

在他面前站着的是老波特亚金，他光着脚，穿一件敞开能看得见灰白胸毛的长睡衣，头靠在墙上，大张着嘴喘气。没有了夹鼻眼镜，眼睛光秃秃地什么也看不见，一眨也不眨，脸是干土色，巨大的肚子在绷紧的棉质睡衣下一起一伏。

加宁马上意识到老人又犯心脏病了。他扶着他，波特亚金困难地移动着他褐灰色的腿，踉踉跄跄地走到椅子前倒在上面，头往后一仰，灰白的脸上大汗淋漓。

加宁把毛巾在水罐里浸了一下，把又湿又重的毛巾折叠放在老人裸露的胸口。他觉得在这巨大绷紧的身躯中所有的骨头随时都会啪的一声折断。

波特亚金吸了一口气，吐气时发出了嘘声。这不只是一次呼吸，而是一种极大的满足，使他的五官马上恢复了活力。加宁鼓励般地一笑，继续把湿毛巾敷在他身上，并且揉他的胸和两胁。

“好——点了，”老人轻声说。

“放心吧，”加宁说，“一会儿就会好了。”

波特亚金喘息着、呻吟着，扭动着赤裸的、巨大的、歪歪扭扭的脚趾头。加宁给他裹上了一条毯子，给他喝了点水，把窗子开大了一些。

“喘不过——气来，”波特亚金费力地说，“走不进你的房间里来——太虚弱了。不想——独自一个人死去。”

“你就放宽心吧，安东·谢尔盖耶维奇，天马上就要大亮了，咱们去请大夫。”

波特亚金用手慢慢地擦了擦额头，呼吸开始平稳些了。“过去了，”他说，“暂时过去了，我的滴剂已经用完了，所以才会这么厉害。”

“我们会给你再买些滴剂的。你愿意挪到我床上来吗？”

“不啦，我再坐一会儿就回自己屋去。现在已经过去了，明天上午……”

“咱们推迟到星期五吧，”加宁说，“签证跑不掉的。”

波特亚金用粗厚的舌头舐了舐干干的双唇。“他们已经在巴黎等我很久了，列维什卡，我侄女没钱给我寄路费来，啊，天啊！”

加宁坐在窗台上（刹那间他琢磨起不久前他在什么地方也这样坐过——突然他想起来了：装着彩色玻璃的亭子，白色的折叠桌，他袜子上的破洞）。

“请把灯关掉，老朋友，”波特亚金请求道，“刺得我眼睛痛。”

在半明半暗的光线中一切都显得很陌生：早班火车的轰鸣，扶手椅中巨大的灰色幽灵，泼洒在地板上的水闪出的微光。这一切比加宁生活于其中的永恒的现实要神秘得多、模糊得多。

九

清早，科林在给戈尔诺茨维托夫准备茶。那一天，星期四，戈尔诺茨维托夫一早就得离开城市去会见一个芭蕾舞主舞女演员，此人想雇用一个芭蕾舞班子。因此当科林穿着一件肮脏不堪的小和服、光脚穿双破靴子、拖着步子走进厨房去弄热水时，公寓里别的人都还在睡觉。他那圆圆的、愚蠢的、长着个狮子鼻和一双倦怠的蓝眼睛的十分俄国式的脸虚胖发亮(他把自己看作是魏尔伦笔下的“半皮埃罗半加夫罗什”)，他未经梳理的金黄色头发垂在前额上，散开的靴子带轻拍在地板上发出细雨般的声音。他像个女人那样噘着嘴，捣鼓着茶壶，然后开始热情地轻声哼起歌来。戈尔诺茨维托夫快要穿好衣服了：他戴上饰有圆点花纹的蝴蝶结领结，为一个刮胡子时碰破了的、现在正透过脸上厚厚的一层粉往外渗着脓血的疱发脾气。他五官端正，肤色较黑，长而卷曲的睫毛使他棕色的眼睛有种清澈天真的神情。他的黑头发剪得很短，微微有些卷曲。他像俄国马车夫那样把脖子后面剃得光光的，留着两道拳曲过耳的黑色连鬓胡子。他和同伴一样，个子矮，很瘦，腿部肌肉极为发达，但胸和肩狭窄。

他们成为朋友是比较近的事，曾一起在巴尔干某处的一家俄国歌舞酒吧跳舞，两个月前来到柏林，来碰碰演出上的运气。一种特殊的细微差别，一种古怪的不自然的态度使他们和其他房客不一样，但是说实话，谁也不能责备这幸福得像两只斑鸠一样、不伤害任何人的一对。

朋友走后，一个人留在他们凌乱的房间里的科林打开了一只放修指甲工具的盒子，低声哼唱着开始修剪起手指甲来。他尽管不算特别讲究卫生，却总是把指甲修剪保护得极好。

房间里散发着浓烈的芳香薄荷气味和汗臭味；一团梳头时掉下的碎头发漂在脸盆的水里。墙上是腾跳着的芭蕾舞演员的相片；桌上放着一把打开着的大扇子和一个上过浆的脏衣领。

欣赏过他指甲上的那层珊瑚红的光泽后，科林仔细地洗了手，往脸上和脖子上抹了些香得发腻的花露水，脱下了晨衣。他光着身子用脚尖走了几步，做了个跃起小腿剪式交叉的动作，接着很快穿好衣服，在脸上搽了些粉，做完眼部化妆后扣上了灰色紧身上衣的所有扣子，然后有规律地上下摆动着他那根花哨的手杖的尖，外出散步去了。

回家吃午饭时科林在大门口赶上了加宁，他刚给波特亚金买了药回来。老人感觉好一点了，他写了点东西，还在房间里踱来踱去。克拉拉同意加宁的意见，决定一天不许波特亚金出这所房子。

科林偷偷从后面走上来一把抓住了加宁的上臂。加宁回过身来。

“啊，科林，散步愉快吗？”

“亚历克出去了，”科林在和加宁并排上楼时说道，“我非常担心，希望他得到雇用了。”

“啊，当然，”加宁说，他从来不知道该怎么和他谈话。

科林笑了起来。“阿尔费奥洛夫又困在电梯里了。现在电梯坏了。”

他把手杖头沿楼梯栏杆滑动着，腼腆地笑着看了一眼加宁说：“我可以在你房间里坐一会儿吗？今天我觉得闷得慌。”

“别以为你闷得慌了便可以向我送秋波，”加宁一面打开膳宿公寓的门，一面在心里对他厉声说，但嘴里说的却是：“遗憾的是，我眼下有事，改天吧。”

“真遗憾，”科林慢吞吞地说着跟在加宁后面走进来，随手把门拉上。但是门没有关上，有人从后面伸进一只棕褐色的大手，响起了低沉的柏林口音：“等一等，诸位。”

加宁和科林回过头去，一个结实的满脸大胡子的邮差迈进了门坎。

“阿尔费奥洛夫先生住在这儿吗？”

“左边第一个门，”加宁说。

“谢谢，”邮差大声说着敲响了指点给他的那个门。

是一份电报。

“什么事？什么事？什么事？”阿尔费奥洛夫唠叨道，兴奋得不知所云，笨拙的手指拧动着电报。他激动得要命，所以一开始都没法看懂贴在上面的一条模糊不清的字母：“ARRIVING SATURDAY 8 A. M.”突然阿尔费奥洛夫明白了：“星期六上午八时到达。”他叹了口气，在身上画了个十字。

“感谢上帝，她要到了。”

他满脸笑容，拍着自己瘦瘦的大腿在床上坐下，开始前后晃动着身体。他湿润的眼睛飞快地眨巴着，一道斜射下来的阳光给他屎黄色的小胡子镀上了一层金光。

“Sehr gut[①]，”他自言自语道，“后天！Sehr gut. 瞧我这双鞋这么破，玛丽会吃惊的，不过我们总算幸存下来了。我们要租上一个便宜可爱的小套间。由她来决定。租到套间前先在这里住上一小阵子。谢天谢地，这两个房间之间有道门。”

过了一小会儿，他走到过道去敲了敲邻居的门。

加宁心想：“为什么今天他们不能让我安静会儿？”

阿尔费奥洛夫开始审视房间各处，他直截了当地说，“我说，格列博·列沃维奇，你打算什么时候离开这里？”

加宁恼怒地看着他。“我的名字叫列夫，请你好好记住。”

“你打算星期六离开，对不对？”阿尔费奥洛夫说，一面心里琢磨道，“我们得把床放在别处，还得把衣橱从连着两个房间的门前挪开。”

“是的，我要走了，”加宁回答说，他像头一天午餐时那样，又一次觉得非常尴尬。

“啊，那太好了，”阿尔费奥洛夫激动地说，“对不起，打搅你了，格列博·列沃维奇。”

他最后环顾了一遍屋子，踩着重重的脚步走了。

---

① 德文，太好了。

“白痴，”加宁咕哝道，“见他的鬼。我刚才那么开心地想的是什么？啊，对了——那夜，那雨，那白柱子。”

“丽季娅·尼古拉耶夫娜！丽季娅·尼古拉耶夫娜！”阿尔费奥洛夫那讨好的声音在走廊里大声叫道。

“简直摆脱不掉他，”加宁生气地想，“我今天不在这里吃午饭了。够了！”

柏油路面发出一层淡紫色的光泽，阳光交织在汽车轮子上。啤酒店附近有个修车库，从它大张着的昏暗的入口处传来一丝碳化物的气味，这偶然的气味使加宁更加生动地记起了俄国多雨的八月末九月初，那幸福的狂潮。他柏林生活的幽灵不停打断他的这份回忆。

他一走出那明亮的乡间别墅就会扎进黑洞洞的、响着汩汩水声的黑暗之中，然后点燃自行车灯柔和的火焰；现在当他吸进那碳化物的气味时，一切立刻又出现在记忆之中：拍打着他蹬动的腿和自行车轮辐的湿漉漉的青草；一圈吸入并消融一片昏暗的乳白色的灯光；灯光下出现的不同物体——时而是一个吹皱了水面的洼地，或是一颗亮闪闪的卵石；时而是布满马粪的桥板；最后终于是篱笆上的旋转栅门，他推车走进门去，被雨水淋得透湿的豌豆属树篱在他肩膀的晃动下让出一条路来。

不久，透过流动着的黑夜，在他自行车灯那不变的柔和的白光掠过时，可以逐渐看到柱子慢慢地依次出现；于是，在那陌生人家关闭的宅第的六柱门廊上，一片清凉的芳香——那是香水和湿哔叽混合的气息——迎接着加宁，那个秋雨中的吻是这样长久这样深沉，事后你的眼前飘忽起了巨大的光点，雨点打在枝繁叶茂的树上发出的沙沙声似乎具有了新的力度。他用雨湿的手指打开了那盏小小的灯的玻璃门，吹灭了灯。在黑暗中，一股潮湿的风扑向了这对恋人，玛丽高坐在油漆剥落的栏杆上，用冰冷的小手掌抚摸着加宁的鬓角，在黑暗中他能隐约看清她那湿透了的蝴蝶结的外形，以及她充满笑意的双眼中的光彩。

在旋转着的黑夜中，瓢泼大雨有力地冲刷着正对门廊的欧椴树，使箍着铁夹以获得支持的腐朽着的粗大树干发出吱吱嘎嘎的响声。在秋夜的喧嚣声中，他解开了她衬衫的纽扣，吻着她炽热的锁骨，她依旧沉默着——只有眼睛闪着微光，裸露着的胸部皮肤在他嘴唇的爱抚和潮湿的夜风中慢慢变冷。他们很少讲话，天太黑了，没法说话。当他最后擦燃一根火柴看表时，玛丽眨着眼睛，把脸上的一绺湿头发拂开。他一只手搂着她，一只手放在自行车座上推着车，他们就这样慢慢地在黑夜中离开了那地方，这时雨已经只是淅沥地下着。他们先沿着小径下到桥上，然后在那儿告别，长久地、伤心地难舍难分，仿佛要别离很久似的。

在他开学回圣彼得堡的前一晚，一个暴风雨的黑夜，他们在那有柱子的门廊上最后一次见面，发生了一件出乎意料的可怕事，这也许是后来一切对他们爱情亵渎的不祥预兆。那夜雨声特别大，他们的相会特别充满柔情。突然玛丽大叫一声，从栏杆上跳了下来。借着火柴光，加宁看见开向门廊的一扇窗子的百叶窗打开了，一个鼻子压得扁扁的人脸紧贴在黑黑的窗玻璃内侧。它动了一下，一晃就消失了，但他们俩都认出了看门人儿子那红色的头发和大张着的嘴，这是个二十岁左右满嘴脏话的色鬼，在园林的林阴道上总是碰见他。加宁愤怒地纵身跳起扑向窗户，用背把玻璃撞得粉碎，闯进那冰冷的黑暗之中。在这股冲力之下，他的头撞上了一个结实的胸脯，那人被撞得倒吸了一口气。只见他们扭打在一起，在发出回声的镶木地板上打着滚，撞在罩着防尘罩的闲置不用的家具上。加宁腾出右手，把石头般坚硬的拳头向突然发现在他身下的湿脸猛击过去，直到被他压在地上的那个强壮的身躯突然一软开始呻吟时才站起来。他喘着粗气在黑暗中不断撞上柔软的物角，然后来到窗前爬出去回到门廊上，找到吓坏了的哭泣着的玛丽；那时他注意到他嘴里流出一丝温热的、有铁腥味的东西，手也被玻璃碴划破了。第二天早上他动身去圣彼得堡，在去车站的路上，他坐在关着门行驶的马车里，车子发出轻柔低沉的声音，透过车窗他看见玛丽和女友们一起在路边上行走。用黑色真皮做内衬的马车车厢很快就挡住了她，由于这辆双座四轮马车中还有别人，他没敢回头从车厢后面椭圆的小窗中向外看。

在九月的那一天，命运让他预先尝到了他将来别离玛丽、别离俄国的滋味。

这是一种需费尽心力对付的煎熬、一种神秘的预知力；那些结着火红果实的欧洲花楸树一棵又一棵地隐入一片灰暗的阴霾之中，景象有着一种奇特的伤感，他似乎无法相信明年春天会再度看到那些田野、那块孤零零的巨石，以及那些沉思着的电线杆。

圣彼得堡家中的一切都似乎新近清洁过，明亮而自信，人们刚从乡下回来时总有这种感觉。开学了，他上高二了，他根本不念书。下了第一场雪，铸铁栏杆、无精打采的马背、驳船上的木柴堆都盖上了一层薄薄的毛茸茸的白色。

玛丽直到十一月份才搬到圣彼得堡。他们在柴可夫斯基《黑桃皇后》中丽莎死去的那座拱门下见面。柔软的、特大的雪片垂直从灰蒙蒙的磨砂玻璃似的天空落下。他们在圣彼得堡的这第一次相会中，玛丽似乎有了微妙的变化，也许是因为她穿了件毛皮大衣，戴着帽子。从那天起开始了他们被大雪包围的新的爱情时代。见面十分困难，在严寒中长时间的散步是痛苦的折磨，而想在博物馆或电影院中找到一个可以单独在一起的暖和地方则是最最痛苦的折磨。难怪在不能见面的日子里(他住在英国码头，她住在商队街)，在他们之间频繁的、充满刻骨柔情的书信中，两个人在回忆起园林中的小径、落叶的气息时都认为这一切是难以想象地珍贵，而且是一去不复返了：也许他们这样做只不过是为了用带着苦涩的甜蜜记忆来激活他们的爱情，但是他们也可能真的意识到他们真正的幸福已经结束了。晚上他们互相打电话，询问写的一封信是否收到了，或者在什么地方、怎样见面。她那有趣的 grasseyement[①]在电话中听来甚至更为吸引人；她常爱念些掐头去尾的小诗，热情地大笑，把送话器紧贴在胸口，他觉得自己能听到她的心跳声。

他们这样一谈就是几个小时。

那年冬天她穿了一件灰色毛皮大衣，使她看上去略胖一些，室内穿的单薄的鞋子外面套上了小山羊皮的鞋罩。他从来没有见过她冷得难受，她甚至从来没有显出过觉得冷的样子来。严寒和大雪只会使她更加生气勃勃。他会在寒冷的暴风雪中、在某条黑暗的小巷里把她的肩膀裸露出来，雪花逗弄着她，她睫毛湿湿的眼睛便含满笑意，她搂着他的头紧贴住自己，一场小小的雪就会从他的阿斯特

---

① 法文，沉浊的声音。

拉罕羊皮帽上洒落到她裸着的胸口上。

这些在风雪严寒中的约会对他的折磨甚于她。他觉得这些无法尽兴的幽会使他们之间的爱逐渐磨损、消失。每一份爱都需要有不受干扰的二人天地、藏身之所、隐蔽之地——而他们却没有这样的隐蔽之地。他们两个家庭互不相识；二人间开始时如此美妙的秘密关系现在成了绊脚石。他开始觉得，要是她成为他的情妇，哪怕只是住在租来的有家具设备的房间里，一切也都会好起来——不知怎的，这个念头一直存在于他的心头，但和他的情欲并不相关，在他们少得可怜的接触所造成的折磨下，他的情欲已经越来越减弱了。

就这样，整个冬天他们到处转悠，回忆着乡间，梦想着再一个夏季，偶尔由于忌妒心起而争吵，在马拉的雪橇车上粗糙而窄小的盖毯下紧捏着对方的手。后来，新年刚过玛丽就被带到莫斯科去了。

很奇怪，对加宁来说，这次离别使他感到宽慰。

他知道，她计划夏天回到她父母在圣彼得堡省的田产上的一所小别墅去。起初他常想到这件事，想象着新的夏天、新的约会。他写给她同样刻骨柔情的信，但后来就开始写得少了，等他和家人在五月中旬搬到乡间庄园去住以后，他完全停止了写信。与此同时，他抽空和一个丈夫在加利西亚作战的优雅迷人的金发女士开始并结束了一段私情。

后来玛丽回来了。

她微弱的声音从很远的距离以外传来，夹杂着劈啪声，电话里有种像在贝壳里可以听见的嗡嗡声，有时还有串了线的更远的声音不断打岔，在第四维空间里和另一个人交谈着——他们乡间别墅里的电话是个老式手摇电话——而在他和玛丽之间隔着三十英里喧嚣的黑夜。

“我去看你，”加宁对送话器大声说，“我说的是我去，骑车去，要骑两个小时。”

“……不想再住在沃斯克列辛斯克了。你听见了吗？爸爸不肯再在沃斯克列辛斯克租夏季别墅了。从你那儿到这个镇子是三十……”

“别忘了把那些靴子带来，”一个冷漠的声音低声岔了进来。

然后透过嗡嗡声又可以听见玛丽细小的声音了，就好像她通过拿倒了的望远镜在说话似的。等她的声音完全消失后，加宁靠在墙上，感到耳朵直发烧。

他在下午三点左右出发，穿一件翻领T恤和足球运动短裤，光脚上穿一双胶底鞋。因为顺风，他骑得很快，在公路的尖石块之间选平坦的路面骑行。他记起了去年七月他连认都不认识玛丽时，怎样经常骑车从她身旁经过。

骑了大约十英里左右，他的后胎爆了，他坐在沟边花了很长时间补胎。百灵鸟在大路两侧的田野上歌唱；一辆灰色敞篷汽车载着两个戴猫头鹰般风镜的军人在一团灰色的尘土中飞驶而过。他补好车胎后打足了气又继续往前骑，意识到由于他没有留下修车的余地，已经晚了一小时。他离开公路沿着一个过路农民指给他的小路穿过一片小树林，然后又拐了一个弯，可是这次拐错了，往前骑了很久才回到了正道上。他在一个小村子里休息，吃了点东西，后来只剩下大约八英里路时他从一块尖石头上骑过去，还是那个车胎，它在发出一声尖啸后瘪了下来。

当他到达玛丽度夏的那个小镇时天已经快要黑了。她如约在公园门口等着他，但她从六点起就一直等在那儿，已经放弃了他来的希望。当她看见他时，激动得差点绊倒。她穿着一件加宁从未见过的透明的白连衣裙，黑蝴蝶结没有了，使她可爱的头显得小了。在她盘起的头发上插着蓝色的矢车菊。

那晚，在那陌生的、悄悄变得越来越浓的黑暗中，在那开阔的公园的欧椴树下一块深陷在青苔之中的厚石板上，加宁在一次短暂的幽会过程中对她爱得比过去更为强烈，同时也永远(当时是这样觉得的)失去了对她的爱。

一开始他们狂喜地低声交谈——谈到漫长的别离时间，谈到青苔中一闪一闪的萤火虫好似一盏小小的信号灯。她那双可爱的、可爱的鞑靼人的眼睛在他脸旁滑过，她的白连衣裙似乎在黑暗中闪着微光——还有，啊，上帝，她那特有的芬芳，难以捉摸，在世上独一无二！

“我是你的，”她说，“你愿意怎么做都可以。”

他的心狂跳着，默默地俯向她，双手在她柔软的凉凉的腿上来回抚摸。但是公园里充溢着古怪的窸窣声，总好像有人不断从树丛后走过来，厚石板又冷又硬，硌痛了他光着的膝盖；玛丽躺在那里，太驯服、太安静了。

他停了下来，然后发出短促尴尬的笑声。“我总觉得附近有人，”加宁说着站起身来。

玛丽叹了一口气，整理好衣服——一团模糊的白色——也站起身来。

他们沿一条洒落着斑驳月光的小径走回公园大门时，玛丽在草地上弯下身子捉起了一只他们刚才看到的那种浅绿的萤科昆虫，放在手心上弯腰细看着，然后大笑起来，模仿着村姑的有趣口吻说：“哎呀我的天，要不是一只冰冷的小虫子才怪呢。”

加宁又累、又生自己的气，薄衬衫让他冻得要命，正是在那一刻，加宁断定一切都结束了，他不再迷恋玛丽了。几分钟之后，当他在朦胧的月色中沿着街道灰白的路面骑车回家时，他知道自己再也不会来看她了。

夏季过去了，玛丽既没写信也没打电话，而他则忙于别的事情，别的感情。

他再一次回到圣彼得堡过冬，并参加了毕业考试——跟往常不同，这次提前到了十二月份——进入了米哈伊洛夫军官学校。第二年夏天，革命发生的那一年，他再度遇见了玛丽。

那是在傍晚时分，他正站在华沙火车站的月台上，载着度假的人去夏季别墅的火车刚刚进站。他一面等着开车铃响，一面在肮脏的月台上踱来踱去。他眼睛看着一辆破行李车，心里想着别的事：想着头一天涅夫斯基大道上的枪击，同时因为没能打通家里在乡下庄园的电话，他将不得不坐敞篷四轮马车从车站一点点慢慢往家爬，这令他很是生气。

第三遍铃响起后，他走向这列火车中惟一的一节蓝色车厢，开始走上车厢末端的通廊——就在那儿站着玛丽，正从上往下看着他。在过去一年中她有了变化，好像稍微瘦了一点，穿着一件陌生的系着腰带的蓝上衣。加宁尴尬地和她打了个招呼，缓冲器铿锵地响了起来，火车开动了。他们仍旧站在通廊上。玛丽肯定早就看见他才故意上了蓝车厢的，尽管她平时总是坐黄车厢。现在她手头虽是一张二等车票，却不愿走进隔间里去。她手里拿着一条布莱恩-罗宾逊牌的巧克力，马上掰下一块来给加宁。

看着她，加宁觉得非常难过：她整个外貌上有着某种古怪和胆怯的东西；她笑得少了，不断把头掉向一边。她柔软的脖子上有乌青的痕迹，像是一条不十分清晰的项链，倒很适合她。他滔滔不绝地说些废话，给她看他长统靴上子弹的擦痕，谈论政治，而火车则轰隆隆地行驶于在落日黄褐色的光流中燃烧的泥炭沼泽之间；灰白色的泥炭烟轻轻在地面上飘动，形成仿佛是两道雾的波浪，火车就在其间劈浪而行。

她在第一个站下了车，他在车厢门口长久地注视着她离去的蓝色身影。她走得越远，他就越加清楚地感到他永远不可能忘记她。她没有回头看他。暮色中传来了总状花序类植物开花时的浓烈刺鼻的香气。

火车开动以后他走进车厢里面，那儿很黑，因为列车员认为在空着的隔间里没有必要点上灯。他脸朝上平躺在躺椅式座位的条子花纹椅罩上，通过开着的门和走廊上的窗子，他看着细细的电线浮现在燃烧的泥炭的轻烟和落日暗金色的余辉中。在这节空空的咯咯作响的车厢中、在灰色的烟流间旅行有点奇特怪异之处，他的脑海中出现了奇怪的想法，好像这一切都是过去发生的事——好像他曾和现在一样头枕着手躺在一片四面来风的、咔嗒作响的黑暗之中，而这同样的烟气缭绕的落日景象也曾气象万千地华丽地在窗前扫过。

他再也没有见到玛丽。

一〇

声音越来越响，涌进了房间，一片灰白的云雾包围着窗子，脸盆架上一面镜子咯咯作响。一列火车刚刚驶过，从窗子里又可以看到铁路轨道扇形展开的广阔空间。四月的柏林，将近黄昏，柔和，薄雾迷蒙。

火车声显得比过去更为空洞的那个星期四的黄昏，克拉拉极度激动地来见加宁，带给他柳德米拉的口信。“告诉他，”柳德米拉说，“告诉他这一点：我不是一个男人可以说甩就甩的女人，是我甩别人。告诉他我不需要他的任何东西，我不提任何要求，但是我认为他不给我回信太卑鄙了。我想和他友好地分手，建议我们即使不再相爱还是可以做个朋友，可是他连个电话都懒得给我打。克拉拉，告诉他我祝他和他的德国姑娘好运，我知道他不可能如他所想的那样这么快就忘掉我。”

“她这德国姑娘的想法是从哪儿来的？”当克拉拉眼睛不看他低声迅速地传完口信后，加宁一脸苦相地问道。“再说，她干吗要把你牵扯进来？真够烦人的。”

“你知道，列夫·格列博维奇，”克拉拉眼泪汪汪地看着他，突然爆发道，“你确实无情无义，柳德米拉想到的全是你有多好，她把你理想化了。但是如果她了解你的一切……”加宁友好而惊奇地看了她一眼，克拉拉尴尬地低下了头。

“是她要我给你带口信我才来的。”克拉拉低声说道。

“我必须离开这里，”一阵沉默后加宁说道，“这个房间，这些火车，埃莉卡的烹调——这一切都让我厌烦透了。再说，我的钱也快花光了，得尽快找份工作。我打算星期六就永远离开柏林，不回来了，往南去，到某个港口去。”

他把拳头捏紧又松开，陷入沉思之中。

“我不知道，不过——有一个情况——你要是知道我刚刚想到了什么会惊奇的。一个奇特的、难以置信的计划！如果能够实现，我后天就离开这个城市了。”

“真是，他是个多么奇怪的人，”克拉拉想，心里有种因孤独而生的痛苦感觉，当我们所爱的人沉溺于一种我们在其间没有任何位置的空想中时，这种感觉就会压倒我们。

加宁呆滞的黑色瞳孔扩大了，浓密的睫毛使他的眼睛有种温暖柔和的神情，沉思时带着的宁静的微笑使他上唇微微翘起，露出了一片齐整、闪亮的白牙。他那黑色的眉毛使克拉拉想起小块的高级毛皮，忽而皱在一起忽而又分开来，光滑的前额上柔和的皱纹时隐时现。

加宁注意到了克拉拉的视线，他眨了眨眼睛，用手抹了抹脸，想起了他刚才打算对她说的话。“是的，我要走了，这样一切就结束了。就告诉她加宁要走了，希望她不要把他想得太坏。就这些。”

一一

星期五早上两个芭蕾舞演员传给其他四位房客这样一张字条：

由于：

一、加宁先生要离开我们了。

二、波特亚金先生也准备离去。

三、阿尔费奥洛夫的妻子明天到达。

四、克拉拉小姐将庆祝二十六岁生日，以及

五、下面签名者在本市找到了工作——由于以上所有原因，今晚十时将在第四月六日房间举行庆祝活动。

“他们真好心，”波特亚金和加宁一起走出公寓楼时微笑着说，加宁答应陪他去警察局。“你离开柏林后打算去哪儿，列维什卡？很远的地方吗？是的，你是只候鸟。我年轻时渴望去旅行，去吞下整个广大的世界。唉，真见鬼就这样发生了……”

他在清新的春风中缩起了背，把保存得很好的带巨大骨质纽扣的深灰色大衣领子翻了起来。心脏病发作后他仍感到双腿虚弱发软，但是今天想到这回他很可能了结他护照方面的麻烦，甚至会获准第二天就去巴黎，这使他得到一些快活的慰藉。

中央警察局总部巨大的紫红色大楼四面临街，是个极糟糕的哥特式风格的阴森森的建筑，有昏暗的窗子和一座公众不得入内的令人极其着迷的院子。大门口站着一个面无表情的警察，墙上画着箭头，指向街对面的一家照相馆，在那儿二十分钟你就可以得到一份蹩脚的照片：六张一模一样的面孔，一张贴在护照的黄页上，另一张进了警察局的档案，剩下的没准就分到官员们的私人收藏中了。

波特亚金和加宁走进了一道很宽的灰色走廊。护照部的门口有张小桌子，一个长着连鬓胡子的年老的官员在发号，偶尔从眼镜上方像老师一样扫上一眼那小小的一群操各种语言的人。

“你必须排队拿个号，”加宁说。

“我以前从来没那么做过，”老诗人低声说道，“我就是径直走进那个门去的。”

当他几分钟后拿到号时特别高兴，看上去比任何时候都更像只胖豚鼠了。

在那间光秃秃的、不通风的、阳光充足的房间里，官员们坐在低矮的隔板后面的桌子旁，那儿又有一群人，他们到那儿去的惟一目的似乎就是瞪眼看那些阴郁的抄抄写写的人。

加宁推开人群走了进去，波特亚金信任地跟在他后面，急促地喘着气。

半个小时后他们交上了波特亚金的护照，走到另一张桌子前；又排队，人们挤挤搡搡，有的人口臭难闻。最后花了几个马克，他们拿回了那张黄纸，上面盖上了那具有神奇魔力的大印。

“现在咱们快去领事馆，”他们离开那令人敬畏而实际上十分阴郁的大楼时，波特亚金快活地咕哝道。“这回稳拿了，亲爱的列夫·格列博维奇，你怎么能够和他们这么平静地谈话？以前我来简直痛苦透了！来，咱们到公共汽车的上层去。多么让人快活啊——你知道，我真还急得出了一身汗呢。”

他先爬上那盘旋楼梯。上层的售票员用手拍得铁皮车身“砰砰”响，公共汽车便开动了。房屋、广告牌、阳光照耀下的商店橱窗在窗外飘然而过。

“我们的孙辈永远也不会明白关于签证的这一切无聊的事，”波特亚金一面说，一面虔诚地看着他的护照。“他们永远也不会明白，一个简单的橡皮图章可以给人带来这样多的焦虑不安。你认为，”他担心地补充道，“法国人现在真会给我签证了吗？”

“当然会，”加宁说，“毕竟他们告诉过你已经批准了。”

“我想明天就离开，”波特亚金微笑着说，“咱们一起走吧，列维什卡，在巴黎会很好的。啊呀，看看我这相片照的。”

加宁眼光掠过他的胳膊看着角上贴着照片的护照。相片挺不一般：一张神色茫然且浮肿的脸浮现在一片灰色的朦胧之中。

“我有两本护照，”加宁微笑着说，“一本是俄国护照，是真的，但时间已经很久了；一本是波兰护照，是假的，我现在用的就是这本。”

买车票时，波特亚金把黄色的护照放在他旁边的座位上，从手里的辅币中挑出四十芬尼，抬起眼睛看着售票员。

"Genug[1]？"

然后他侧眼看着加宁。

"你说什么来着，列夫·格列博维奇？假的？"

"当然啦，我的名字确实是列夫，可我的姓根本不是加宁。"

"这话是什么意思，老朋友？"波特亚金惊奇地圆瞪着两眼，突然一把抓住了帽子——刮了一阵大风。

"哦，情况就是这样，"加宁沉思着说，"大约三年前。游击小分队。在波兰。等等。我想突围进入圣彼得堡，掀起一场叛乱。现在有这本护照很方便，挺有意思的。"

波特亚金突然移开了视线闷闷不乐地说："昨晚我梦见圣彼得堡了，列维什卡。我正沿涅夫斯基大道走着。尽管看上去一点也不像，我知道它就是涅夫斯基大道。房子如未来派画家作品中画的那样都有斜角，虽然我知道是在白天，天空却是黑色的。行人都用古怪的眼光看我。然后一个男人穿过大街瞄准了我的脑袋。他在我脑子里作祟很久了。真可怕——啊，可怕极了——梦中的俄国从来都不像我们现实中知道的那么美好，总是怪异可怕——都是那一类的梦：天塌下来，让你感到世界要完了。"

"不，"加宁说，"我只梦见美好的事物。同样的小树林，同样的乡间别墅。有时一切都很凄凉，林中空地也是陌生的，不过这没有关系。咱们得在这儿下车了，安东·谢尔盖耶维奇。"

他走下盘旋楼梯，扶着波特亚金踏上人行道。

"你看看水面是怎样在闪烁着呀，"波特亚金吃力地喘着气，

---

[1] 德文，够了吗？

五指伸开指向运河说道。

“注意——小心自行车，”加宁说，“领事馆就在右手那边。”

“请接受我衷心的感激，列夫·格列博维奇。如果我自己一个人是永远也不可能办好那一大堆繁文缛节的。现在我放心了。别了，德国。”

他们走进了领事馆。上楼时波特亚金开始在衣袋里搜寻起来。

“快点，”加宁说着回过身来。

但是老人仍继续搜寻着。

一二

只有四位房客来吃午饭。

“不知道为什么我们的朋友这么晚还没回来？”阿尔费奥洛夫快活地说，“看来他们运气不好。”

他绝对散发着喜悦的期待之情。他头一天到火车站去了，查清了北方来的早班快车抵达的确切时间：八点〇五分。今天他清洗了衣服，买了一副新袖口和一束铃兰花。他的经济情况似乎有了起色，午餐前他和一个阴沉的、脸刮得很干净的先生坐在一间咖啡厅里，这位先生向他提出了一个无疑是能赚钱的建议。他那习惯于数字的头脑这时正全神贯注在一个带小数点的数字上：八点〇五。这就是命运暂时分配给他的幸福的百分比。而明天——他眯起眼睛，叹了口气，想象着明天一早他怎样去车站，怎样等在月台上，火车会怎样冲进站来——

午饭后他就不知去向了，那两个舞蹈演员也鬼鬼祟祟地出去买零食了，他们激动得像是两个女人。

只有克拉拉待在家里，她头痛，胖腿上的细骨头也在痛，这很不幸，因为今天是她的生日。“今天我二十六岁了，”她暗自想道，“而明天加宁就走了。他很坏，他欺骗妇女，而且还能做犯罪的事。即使他明知我看见他正要偷钱，他还能平静地看着我的眼睛。但是他特好，我的的确确整天都想着他。可是根本没有任何希望。”

她看着镜中的自己，脸比平时苍白，在前额下部一绺栗色头发底下起了一片轻微的皮疹，眼睛下面发黑。她无法忍受一天又一天穿在身上的那件发亮的黑连衣裙；她的黑色透明长统袜接缝处有明显的织补痕迹；一只鞋跟也歪了。

波特亚金和加宁五点钟左右回来了。克拉拉听见了他们的脚步声，向外张望了一眼。波特亚金大衣敞着，手里拿着领圈和领带，脸色苍白得和死人一样，他沉默地走过去进了自己的房间，锁上了房门。

“出了什么事？”克拉拉悄声问。

加宁啧啧着说：“他把护照给丢了，又犯了心脏病，就在楼门口犯的，我差点没能把他拽上楼来，倒霉的是电梯又坏了。我们满城到处找了。”

“我去看看他，”克拉拉说，“他需要安慰。”

起初波特亚金不让她进屋。最后他终于打开了门，克拉拉看到他那茫然迟钝的神情，发出了一声呻吟。

“你听说了吗？”他若有所思地一笑。“我是个老笨蛋，你知道，一切都办好了——可这时我非得……”

“你把它掉在哪儿了，安东·谢尔盖耶维奇？”

“就是嘛，我把它掉了。诗的破格：省略了的护照。马雅可夫斯基的《穿裤子的云》。一个糊涂的大白痴，那就是我。”

“也许会有人拾到的，”克拉拉充满同情地说。

“不可能，这是命。无法逃脱命运。我命中注定不该离开这儿。这是早就注定了的。”

他沉重地坐了下来。

“我觉得很不舒服，克拉拉。刚才在街上我喘得以为要死了。上帝，我现在根本不知道该怎么办了。也许只知道一蹬腿了。”

一三

这时，加宁回到自己房间，开始收拾行李。他从床底下拉出两只皮箱—— 一只外面有方格花的箱罩，另一只是棕色的、没有箱罩，过去贴的标签在箱子上留下了浅浅的痕迹——把里面的东西全倒在地上。然后他从晃晃悠悠嘎吱作响的黑洞洞的衣橱里拿出一件黑外套、一小堆内衣裤，以及一双装饰着铜钉的沉重的棕色皮靴。从床头桌里他拿出了不同时候扔在里面的各式各样的五颜六色的小东西：揉成一团的脏手绢，小孔周围锈迹斑斑的剃刀片，旧报纸，美术明信片，一些像马牙一样的黄色珠子，一只破短丝袜。

他脱下上衣，在这堆可怜的满是尘土的毫无价值的东西间蹲下，开始整理出什么是要带的，什么是要扔的。

他先把外套和干净的内衣裤放在了箱子里，然后放进了自动手枪和一条旧马裤，马裤的腿叉处已经磨得很厉害了。

他正琢磨再带点什么时，注意到在他把箱子里的东西倒出来时掉到椅子下面去的一个黑皮夹子。他拾了起来，微笑地想象着里面装的东西，就在想要打开时，他又对自己说得抓紧收拾行李，所以就把它塞进了裤子的后兜里。然后他开始快速把东西随手扔进开着的箱子里：糅在一起的脏内衣裤；只有上帝才知道他怎么弄来的俄文书；所有那些微不足道然而不知怎的又很珍贵的东西，这些东西看着摸着都十分熟悉，它们惟一的长处就是使一个被判不得不长期流浪在外的人，当他第一百次打开行李拿出这些他所喜爱的、脆弱的、充满人情味的无用之物时，会产生家的感觉，哪怕只有一点点这种感觉。

收拾好了以后，加宁把两只箱子锁好，并排放在一起，把旧报纸的残骸塞在废纸筐中，四面看了看空空的房间，然后去和房东清算房钱。

他进去时，丽季娅·尼古拉耶夫娜正直挺挺地坐在一只扶手椅中看书。她那只德国种小猎狗从床上溜下来，开始在加宁脚旁摇头摆尾，歇斯底里地大献殷勤。

丽季娅·尼古拉耶夫娜意识到这一回他真要走了，不免有些难过。她喜欢加宁那高高的无拘束的身影；一般说来她总是渐渐习惯于她的房客，而他们不可避免地离去时总有一种像是死别的滋味。

加宁付了一个星期的房费，吻了吻她轻得如一片枯叶的手。

他沿过道走回房间去时想起来那两个跳舞演员请他今天去参加晚会，于是他决定先不走；如果必要，即使在午夜以后他也总能在旅馆里找到房间的。

"明天玛丽就到了，"他在心里大声喊道，四下打量着天花板、地板和墙壁，一副狂喜又害怕的样子。"明天我要把她带走，"他思考着，因为同样的欣喜而心情激荡，在心底用了全身的力气同样地大声发出感叹。

他迅速地拿出了那只黑皮夹子，里面放着他在克里米亚期间收到的五封信。刹那间这使他记起了在克里米亚从一九一七年到一九一八年的整个冬天：沿雅尔塔海岸刮着的、夹杂着刺痛人的尘土的东北风；冲击防波堤涌到人行道上来的海浪；傲慢而惶惑的布尔什维克水手；戴着像铁蘑菇似的钢盔的德国人；鲜艳的三色V形臂章——满怀期待的日子，一个忧虑不安的喘息时机；一个剪着短发、有着希腊式侧影的瘦小的满脸雀斑的妓女沿海岸走着；东北风再一次把公园中乐队的乐谱吹得满地都是；后来——终于——他的连队开拔了：在鞑靼人小村中的部队宿营地，像以往一样，那儿小理发店里的剃刀从早闪到晚，某人的面颊上满是肥皂泡，而在满是灰尘的街上小男孩们像一千年前一样抽着陀螺。还有那疯狂的夜袭，你根本不知道哪儿在射击，也不知道是谁正越过倾斜的房屋阴影之间的摊摊月光。

加宁拿出那一捆信中的第一封——只有一页长方形的厚纸，左上角画着一个穿蓝燕尾服的青年，手在背后握着一束淡颜色的花，正吻着一个女士的手，这位女士和他一样高雅，脸旁垂着长长的鬈发，穿一袭粉红色高腰连衣裙。

这第一封信是从圣彼得堡给他转往雅尔塔的，是在那个无比幸福的秋天的两年多一点以后写的。

“寥瓦[①]，我到波尔塔瓦已整整一个星期了，真闷死人了。不知道是不是还会见到你，可是我非常希望你不要忘了我。”

字迹很小，圆圆的，看上去就像在踮着脚尖跑。为了清楚起

① Lyova，列夫的爱称。

见，在字母“ш̲”的下面和“м̄”的上面都写有一划；每个字的最后一个字母都猛地往右加了个小小的尾巴；只有字母“я”在词尾时那直道才动人地向下朝左弯，仿佛玛丽在最后一刻把这个字缩了回去；她的句号大而果断，但是很少用逗号。

“想想看，我一个星期都在看雪，冰冷洁白的雪。天气又冷、又糟，十分压抑。突然间，一个念头像只小鸟在心中掠过：在遥远遥远的地方，人们过着完全不同的另一种生活。他们不像我在乡下，在一个小农场上过着死水般的生活。

“不行，这里实在是太枯燥乏味了，写信告诉我点什么，寥瓦，哪怕是最微不足道的事也好。”

加宁记得收到这封信时的情况，记得在那个遥远的一月的黄昏沿着一条陡峭的石头小径走上去，经过各处挂着马的头骨的鞑靼人的尖桩围栏，记得他如何坐在一条许多细流湍急地流过平滑的白石头的小溪旁，透过一棵苹果树那无数纤细却惊人清晰的秃枝凝视着柔和的粉红色天空，那儿一弯新月像剪下的半透明的指甲闪闪发光，在月亮的下面一个尖角处颤动着晶莹的一滴——第一颗星星。

他在当晚就给她写了信——关于那颗星星，关于花园中的柏树，关于那头每天早晨从鞑靼人房后院子里传出它高昂叫声的驴子。他充满柔情、梦幻般地写着，回忆起通向亭子的滑不唧溜的小桥上湿漉漉的柳絮，正是在那座亭子里，他们初次相遇了。

那些日子，信在路上要走很长的时间——回信直到七月份才收到。

“非常感谢你这封美好亲切的‘南方’来信。你为什么要写你仍然记得我，不会忘记我？不会？多好呀！

“今天天气很好，雷阵雨后十分清新。就像在沃斯克列辛斯克——记得吗？难道你不愿意再在那些熟悉的地方漫步吗？我愿意——非常愿意。秋雨中在园林散步是多么美妙啊！为什么那时候坏天气不使人悲哀？

“我要先停会儿笔去散散步。

“昨天我还是没能写完这封信。我是不是很不像话？请原谅我，亲爱的寥瓦，我保证不再这样了。”

加宁垂下了拿信的手，一时间坐在那儿陷入了沉思。他多么清楚地记得她那些令人愉快的习性啊，她道歉时沙哑地一笑，那从伤感的一叹到充满炽热活力的神态间的转变！

她在同一封信中写道：

“很长时间我都不知道你在哪儿、情况怎样，非常担心。现在我们一定不能再割断联系我们的这条细线了。我有好多好多事要告诉你，要问你，可是我的思绪漫无边际。从那些日子以来，我经历了许多不幸。给我写信吧，看在上帝的分上写得勤一点、多一点。就此止笔，祝你一切顺利。我很想能更深情地说声再见，但是在这么久之后也许我已经忘记该怎么去说了。或者也许是有什么东西在阻碍我？”

收到这封信后很多天他都充满了使他颤抖的幸福感。他无法理解自己怎么会和玛丽分手的。他只记得他们在一起的第一个秋天——其余的一切，所有的口角和折磨似乎都显得苍白而没有意义。那缱绻的夜色，晚上海面那惯有的光泽，柏树夹道的狭窄林阴路上天鹅绒般柔和的静寂，玉兰树阔叶上闪烁的月光——这一切只能使他感到压抑。

职责使他停留在雅尔塔——内战正在进行之中——但是有时候他真打算放弃一切，走遍乌克兰的农场去寻找玛丽。

他们的信件居然能穿过那时可怕的俄国，真有奇妙与感人之处——就像飞过战壕的卷心菜白蝶。他的第二封回信在路上耽搁了很久，玛丽根本无法理解是怎么回事，因为她相信在与他们的信有关的事情上，那些日子里通常具有的障碍不知为何统统不存在。

“尽管你不回信，我仍给你写信，你一定会觉得奇怪——但是我不相信，我拒绝相信你仍不愿给我回信。你没有回信，不是因为你不愿意，而只不过是因为——唉，因为你不能写，或者因为你没时间啦什么的。告诉我，寥瓦，记得你有一次对我说过的这话是不是显得很滑稽——你说爱我就是你的生命，你如果不能爱我你就不会活着了？是的，一切都会过去，事物都会变化。你愿意过去的一切重新发生一次吗？我想今天我有点太压抑了……

“但今天是春天，在各个角落
都有含羞草在今天出售。
我给你带一些去；它像个梦，很脆弱——

“可爱的小诗，可我记不得头、记不得尾，也忘记了是谁写的了。现在我要等待你的来信了。我不知道如何与你告别。也许我吻了你。是的，我想我吻过了。”

两三个星期以后她的第四封信到了：

“接到你的信很高兴，寥瓦。它是一封非常非常可爱的信。是的，一个人永远无法忘记他曾多么深多么热烈地爱过。你信上说你愿意用整个未来换取过去的一刻——但是最好能见面再验证一下自己的感情。

“寥瓦，如果你真来了，就给这儿的电话局打电话，要三十四号。他们可能用德语回答你：这儿有一个德国军医院。让他们找我。

“昨天我进城了，找了点‘乐子’。很愉快，有许多音乐和灯光。一个很有趣的、长着小黄胡子的男人挖空心思想吸引我的注意，叫我‘舞会上的女王’。今天真闷得慌，闷得慌。真遗憾日子这么愚蠢而无意义地过去了——而这本应是我们生活中最美好、最幸福的年头。我似乎很快就会变成个伪君子了——我的意思是多疑君子。不，不能这样。

“让我打碎爱的枷锁
让我尽力停止思索！
往杯中斟满、斟满美酒——
让我尽情喝它个够！

“相当不错，不是吗？

“收到我的信后马上给我回信。你会来这里看我吗？不可能吗？咳，太可惜了。不过，也许你能来？我都在胡说些什么呀：这么大老远的就为了来看我。多么自负！——你不觉得吗？

“刚才我在一本旧杂志里读到了一首诗：是克拉波维茨基的

《我暗淡的小珍珠》。我非常喜欢。写信告诉我所有的一切。吻你。这儿是我读到的另一首诗——波特亚金写的：

“一轮满月普照着森林与小溪，
看那涟漪——闪烁得多么瑰丽！”

“亲爱的波特亚金，”加宁思忖道，“多么奇怪。天啊，多么不可思议。如果那时候有人对我说，世上这么多人我偏偏会遇到他！”

他一面微笑着摇摇头，一面展开了最后一封信。他是在出发去前线的前一天收到这封信的。那是一月份一个寒冷的黎明，他在船上，喝了橡树果实制的咖啡后一直觉得恶心。

“寥瓦，我亲爱的，我的欢乐，我是怎样盼望、等待着你的来信啊！给你写这样克制的信是多么困难多么痛苦的事啊。我这三年没有你怎么能够生活，我是怎样活下来的，活着有什么意义？

“我爱你。如果你回到我身边我将用吻困扰你。你记不记得：

“写信告诉他们
我尽情亲吻小儿寥夫，
说我打算将从利沃夫
带来的奥地利钢盔作他的生日礼物
但另写一信给我父——

“天哪，那遥远的、光明的、亲爱的一切都到哪儿去了——像你一样，我感觉到我们将会重逢——但是什么时候，什么时候？

“我爱你。到我身边来吧。你的信使我这样快乐，我到现在还不能重新恢复对幸福的知觉——

“幸福，”加宁轻声重复说，把五封信折成平整的一叠。“是的——幸福。十二小时之内我们就要重逢了。”

他一动不动地站在那儿，满心只有秘密的、美好的思绪。他毫不怀疑玛丽仍旧爱他。她的五封信就躺在他手里。外面已经很黑了，他衣箱上的球形把手在闪着光，这间被遗弃的房间里微微有股尘埃的气味。

门外有声响，阿尔费奥洛夫不敲门就突然走了进来，而此时加宁仍在同样的地方坐着。

“啊，对不起，”他并没有表现出特别尴尬的神情，说道，“我以为你已经走了呢。”

加宁的手指玩弄着折起来的信，呆呆地瞪着阿尔费奥洛夫的小黄胡子。女房东出现在房门口。

“丽季娅·尼古拉耶夫娜，”阿尔费奥洛夫一面接着说，一面抽动着脖子以所有者的神态穿过房间，“让我们把这该死的东西挪开，好打开这道通向我房间的门。”

他使劲去挪衣橱，咕哝了一声，毫无办法地打着晃退了回来。

“我来，”加宁快活地建议道。他把黑皮夹塞进口袋里，站起身来，走到衣橱前往手心里吐了一口唾沫。

一四

黑色的火车隆隆驶过，震得公寓楼的窗子直响；像幽灵耸动双肩抖落重负一样，如山般的浓烟向上翻腾着，遮住了夜空。屋顶在月光下发出一片平滑的金属光辉；当一列黑色的火车隆隆驶过铁桥、发出的一条光之链照亮了整座桥时，铁桥下一个声音洪亮的黑影醒来了。咔哒的轰响和大团浓烟似乎在楼中直穿而过，楼在深渊和街道之间颤抖，深渊里线条般的铁轨像是月光照耀下的指甲划出来的，铁桥在等待着下一列火车的有规律的雷鸣声。街道上横跨着平展的铁路桥，楼房像个幽灵，你可以用手穿入其中并且扭动你的手指。

加宁站在舞蹈演员房间的窗前看着外面的街道：柏油路面发着幽幽的光，缩短了的黑色的人影走来走去，消失在黑暗中，然后又出现在商店橱窗反射出的倾斜的光带中。街对面房子里有扇没有拉上窗帘的窗户，从这明亮的琥珀色缺口里可以看见闪闪发光的镜子和镀金的框子。这时一个优雅的黑影放下了遮帘。

加宁转过身来，科林递给他满满一杯颤动着的伏特加。

房间里的光线暗淡而怪异，因为这两个鬼点子多的舞蹈演员用一块紫红色的绸子把灯包了起来。房间中央的桌子上，酒瓶闪着紫色的光，打开了的沙丁鱼罐头里泛着油光，还有用银色的纸包着的巧克力糖，各种香肠片，以及浇过糖浆的肉饼。

坐在桌旁的有波特亚金，他面色苍白，愁容满脸，巨大的前额上汗珠点点；阿尔费奥洛夫，炫耀地系着一根崭新的闪光绸领带；克拉拉身上仍是那一成不变的黑连衣裙，因喝了廉价的橘味烈性甜酒而满脸通红、神情倦怠。

没穿外衣只穿件开领脏绸衬衫的戈尔诺茨维托夫正坐在床边上，在一只他不知怎么搞来的吉他上调音。科林一直不停地在倒伏特加、烈性甜酒、莱茵白葡萄酒，他肥胖的臀部可笑地扭动着，而穿在紧身蓝夹克中的修长的躯体则几乎保持不动。

“什么——不喝酒？”他噘起嘴，抬起充满柔情的眼光看着加宁，老套地责问道。

“喝——干吗不喝？”加宁说着在窗台上坐下，从舞蹈演员颤抖的手里接过冰冷轻巧的小酒杯，一口喝了下去。他环顾坐在桌子四周的人，他们全都沉默着——就连因为八九个小时后妻子就要抵达而过于兴奋的阿尔费奥洛夫也不例外。

“吉他调好了，”戈尔诺茨维托夫调了一下一只链钮，拨了拨弦说。他拨动了琴弦，然后用手掌压住琴弦的震动。

“先生们，你们为什么不唱呀？为庆祝克拉拉的生日，唱呀，‘像一朵香花……’”

阿尔费奥洛夫向克拉拉咧嘴一笑，举杯装出一副殷勤的样子，身子向后一靠——因为是一只没有靠背的转凳，他几乎摔倒——尽力用做作的假男高音唱了起来，但是没有人跟着唱。

戈尔诺茨维托夫最后拨了一记琴弦停了下来，大家都觉得十分尴尬。

“真是帮好歌手！”波特亚金沮丧地咕哝道，摇了摇用手托着的头。他觉得很懊恼：气短胸闷加上想到遗失了的护照。

“我不该喝，问题就在于此，”他阴郁地补充说。

“我告诉过你的，”克拉拉低声说，“你简直像个婴儿，安东·谢尔盖耶维奇。”

“干吗谁都不吃不喝了？”科林问，一面扭动屁股用小碎步在桌子周围走来走去。他开始把空杯子斟满。谁也没有说话。显然聚会不成功。

到目前为止一直坐在窗台上、带着一丝含有沉思的冷嘲的笑意看着闪着紫红微光的桌子和照得十分古怪的面孔的加宁这时突然跳到地上，放声大笑起来。

“把杯全斟满，科林，”他一面向桌子走去一面说道，“再给阿尔费奥洛夫倒上点，明天我们的生活就变了。明天我不再在这儿了。来呀，干杯！克拉拉，别拿那受伤的小鹿的眼光看着我，再给她倒点那烈性甜酒。你也来点，安东·谢尔盖耶维奇——高兴点！为你那护照伤心一点用也没有，你会再得到一个护照的，比旧的还要好。给我们背点你的诗吧。啊，对了，顺便说说……”

“把空瓶子给我行吗？”阿尔费奥洛夫突然说道，快活而激动的眼中闪烁着一线淫欲。

“顺便说说，”加宁重复道，一面走到老人身后把一只手放在他肉乎乎的肩膀上，“我记得你的一些诗，安东·谢尔盖耶维奇，

‘满月——森林和小溪’——是吧，对不对？”

波特亚金转过头来看着他，然后不慌不忙地笑了。“你是在旧日历上看到的吗？他们特别喜欢把我的诗印在日历页上，在下侧每日菜谱的上面。”

“先生们，先生们，他要干什么？”科林指着阿尔费奥洛夫大声说道，阿尔费奥洛夫打开窗子，突然举起了瓶子，指向蓝黑色的夜空。

“让他去，”加宁笑道，“他愿意就让他捣乱去吧。”

阿尔费奥洛夫胡子发亮，喉结涨起，鬓角稀疏的头发在夜风中拂动。他把胳膊向后一甩，一动不动地站了片刻，然后严肃地把瓶子放在了地上。

舞蹈演员大笑起来。

阿尔费奥洛夫在戈尔诺茨维托夫身旁坐下，从他手里拿过吉他，开始试着弹了起来。他是个很快就会喝醉的人。

“克拉拉这么一副严肃的样子，”波特亚金费劲地说，“像她这样的姑娘过去常给我写非常动人的信。现在她看都不愿看我。”

“请你别再喝了，”克拉拉说，心想她这辈子还从来没有像现在这样痛苦过。

波特亚金强笑了一下，拉了拉加宁的袖子。“这儿是俄罗斯未来的救星。给我们讲个故事吧，列维什卡——你漫游过哪些地方，在哪儿打过仗？”

“我非讲不可吗？”加宁宽厚地苦笑着问。

“是的，讲吧，你知道，我觉得压抑得要命。你是什么时候离开俄国的？”

“什么时候？喂，科林，来点那黏糊糊的烈性甜酒吧，不，不是给我——给阿尔费奥洛夫。对了，搀在他的杯子里。”

一五

丽季娅·尼古拉耶夫娜已经睡觉了。她不安地拒绝了舞蹈演员的邀请，正睡着一个老妇人睡得不沉的觉。过往火车像装满震响着的陶器的巨大碗柜，发出沉重的震动声，进入了她的睡眠世界，她偶尔会醒来，那时她就会模糊地听到六号房间中的声音。有一次她梦见了加宁，在梦中她无法理解他是什么人，从什么地方来。真的，他的性格被包围在一片神秘之中。这也不奇怪：他从来没有对任何人讲过他的生活，他近年的行踪和历险故事——就连他自己从俄国逃出的记忆也仿佛是一场梦，一个像闪着幽幽的微光的海雾般的梦。

也许那时——那是一九一九年初——玛丽写了更多的信，他那时在克里米亚北部作战，但是即使她写了，他也没有收到。皮里柯普几经挣扎最后还是陷落了，加宁头部负伤，被遣送到了辛菲罗波尔，一周以后他又病又虚弱，和撤退到费奥多西亚的部队也失去联系，被卷进老百姓疏散的疯狂的、噩梦般的洪流之中。在因克尔曼高地的田野和山坡上，那儿维多利亚女王的士兵的红色军装曾在玩具般的大炮的硝烟中闪动过，[1]现在美丽而原始的克里米亚的春天欣欣向荣，乳白色的道路平缓地起伏着向前伸去，车轮在坑洼不平的路面上颠簸时，车子的敞篷咔哒哒地作响——诸种感受，比如关于速度、春天、空间和浅绿的小山的感受，突然统统融合成一种美妙的欢乐，使你有可能忘记这条无忧无虑的道路是远离俄国而去的路。

他到达塞瓦斯托波尔时仍然充满了欢乐，把箱子放在白石建造的基斯特饭店，那儿的混乱局面非语言所能形容。他沉醉在氤氲的阳光之中，头部仍隐隐作痛。他离开饭店，经过门廊上的灰白色多利斯式圆柱，走下宽阔的花岗岩石板台阶来到港口，长时间地凝视着大海那充满柔情的蓝色闪光，脑子里一刻也没有出现过流亡的念头。然后，他重新爬上台阶，来到竖立着纳希莫夫海军上将灰色塑像的广场上，上将身穿海军长礼服大衣站立着，手拿小型望远镜。然后加宁沿着积满尘土的白色大街一直溜达到第四号阵地，参观了全景台。在一圈栏杆之外，货真价实的古老枪炮、沙袋、故意散布的尖利碎片和真正的竞技场般的沙滩，全都汇成了一片柔和的烟茫茫的蓝色，构成一幅密不通风的画，包围着观光的平台，以其不易捕捉的界限捉弄着人的眼睛。

塞瓦斯托波尔就是这样留在了他的记忆中——和煦且灰尘弥漫，为某种沉闷、恍惚的不安所支配。

夜里在船上，他望着探照灯空落落的白色筒状光束充满天空，然后又穿过天空消失；而黑黢黢的水面在月光下泛着光泽，远处在

[1] 指克里米亚战争，一八五四年的因克尔曼战役是主要战役之一，战争以英、法、土等联军胜利、俄国失败结束。

夜的朦胧中，一艘灯火通明的外国巡洋舰在那儿下了锚，停泊在自己漾动着的条条光柱的倒影中。

他乘上了一条破旧的希腊船；甲板上挤满了一排排身无分文、皮肤黝黑的耶夫帕托里亚难民，那天早上船在耶夫帕托里亚停靠过。加宁把自己安顿在军官餐厅里，那儿笨重的灯来回晃动着，长长的桌子上堆满了洋葱形的巨大包裹。

以后是在海上几天灿烂却令人难过的航行。迎面而来的泛着泡沫的浪花像两只漂动的白色翅膀拥抱着一切，拥抱破浪前进的船头；靠在船栏杆上的人的绿色影子轻轻掠过晶莹明亮的波面。生锈的操舵装置嘎吱作响，两只海鸥在烟囱周围飞翔，湿漉漉的鸟嘴在阳光下像钻石般闪着光。不远处一个大头希腊婴儿开始哭了起来，妈妈发了脾气，拼命想让他安静下来，便向他吐起唾沫。一名司炉有时到甲板上来，浑身发黑，眼睛周围一圈圈煤灰，食指上戴只假红宝石戒指。

留在加宁记忆中的就是这类琐事——而不是对离弃了的祖国的思念，好像只有他的眼睛仍充满活力，而他的头脑已经处于潜伏状态。

第二天，伊斯坦布尔隐隐出现在橘红色的黄昏中，慢慢地被追上轮船的黑夜吞没。黎明时加宁爬上驾驶台，斯库台模糊的深蓝色海岸线已逐渐变得清晰可见。月亮的反射光只有窄窄浅浅的一条了。在东方，蓝紫色的天空已变成金红色，微微闪着亮光的伊斯坦布尔开始从雾中浮出。海岸边一道细浪如丝带般闪闪发光；一艘黑色的划艇和黑色摩洛哥式小艇静悄悄地经过。这时东方转白，刮起一阵小风，带着咸味搔痒了加宁的脸。岸上传来了起床号声；两只黑如乌鸦的海鸥鼓动翅膀从船的上空飞过，一群鱼啪嗒啪嗒地跃出海面，声音好似小雨一般，片刻间水面上形成了一张圈圈点点的网。一艘驳船开到了旁边；它的影子在水中如触须般伸展收缩。但是只有当加宁上了岸看见码头旁一个穿蓝衣服的土耳其人在堆成小山样的橘子上睡觉时——只有在那时，他才清楚地、尖锐地感觉到他离开自己祖国那温暖的大地、离开他永远爱着的玛丽有多么远了。

现在这一切都在他记忆中展开了，它们互不连贯地闪过他的脑海，当波特亚金用了很大力气问他“你多久以前离开的俄国”时，一切又都缩成了温暖的一团。

“五年前，”加宁简短地答道；令人昏昏欲睡的紫色灯光照在屋子中间桌子的台布上，以及屋子中间不出声使劲跳着舞的科林和戈尔诺茨维托夫的笑脸上，加宁坐在灯光所照之处的一个角落里，心里在想：“多么幸福！明天——不，是今天了，现在已经过了半夜。玛丽不可能有什么变化的，她那双鞑靼式的眼睛仍像那时一样微笑、放光。”他要带她远走高飞，他会为她不辞劳苦地工作。明天他的青春、他的俄国就要重新回到他的身边了。

科林两手叉腰，仰着头不断摇动，时而轻轻滑动、时而跺脚挥动手绢，正迂回地围着戈尔诺茨维托夫转，而戈尔诺茨维托夫正蹲着，灵巧而迅速地踢腿，他越踢越快，最后单腿蹲着旋转起来。阿尔费奥洛夫已经酩酊大醉，脸上带着一副慈祥的神情坐在那儿晃动着身子。克拉拉不断焦虑地看着波特亚金灰白色汗淋淋的脸；老头别扭地侧身坐在床上。

“你身体不好，安东·谢尔盖耶维奇，”她低声说道，“你该去睡觉了，差不多一点半了。”

啊，一切会是多么简单：明天——不，今天——他就要重新见到她了，只要阿尔费奥洛夫醉得不省人事。只有六个小时了。现在她会在自己车厢的隔间里睡着了，电线杆在黑暗中飞过，松树和小山向火车迎面扑来——这两个家伙真吵，难道他们要跳个没完吗？是的，惊人的简单——有时命运的安排真有出众之处——

“好吧，我去躺一会儿，”波特亚金阴郁地说。他沉重地叹了一口气，开始往外走。

“这位大人物到哪儿去？停一停——再待一会儿，”阿尔费奥洛夫开心地咕哝道。

“再喝杯酒，闭上嘴，”加宁对阿尔费奥洛夫说，然后很快和波特亚金一起往外走。“靠着我，安东·谢尔盖耶维奇。”

老人不明所以地看着他，做了个好像是拍苍蝇的手势，然后突然轻叫了一声，蹒跚着向前一栽。

加宁和克拉拉总算及时抓住了他，两个舞蹈演员则在一旁手忙脚乱地张罗。阿尔费奥洛夫舌头僵直，带着醉汉的麻木不仁喋喋说道：“看，看——他要死了。”

“别瞎转了，干点有用的事，戈尔诺茨维托夫，”加宁沉着地说。“扶着他的头，科林——托住这儿。不，这是我的胳膊——往上一点，别这么傻瞪着我。我说了，往上一点。克拉拉，把门打开。”

他们三个把老人抬回自己的房间，阿尔费奥洛夫东歪西倒地好像要跟着他们，但后来软软地挥了挥手在桌旁坐了下来。他用颤抖的手给自己倒了些伏特加，然后从背心口袋里拿出一只镀镍怀表，放在自己面前的桌上。

“三、四、五、六、七、八。”他把手指沿罗马数字划过，停了下来，头转向一边，坐在那儿用一只眼睛看着秒针。

走廊里德国种小猎狗开始激动地尖声叫了起来。阿尔费奥洛夫苦笑了一下。“讨厌的小狗。该让汽车轧死它。”

过了一会儿，他从另一个口袋里拿出一支不褪色的铅笔，在数字八上面的玻璃上涂了一个紫红色的记号。

“她要来了，来了，来了，”他和着表的滴答声的拍子对自己说。

他扫了桌子一眼，吃了块巧克力，马上又吐了出来。一团黏糊糊的棕色东西啪地打到了墙上。

“三、四、五、七，”阿尔费奥洛夫又开始数了起来，并对着表面泪眼模糊地、狂喜地眨眨眼睛。

一六

城市在夜里变得安静了下来。身上披着黑斗篷的驼背老人已经出动了，用棍子敲着地，每当棍子的尖头找到一个香烟头他就咕哝着弯下身去。偶尔一辆汽车驶过，更少见的是一辆行夜路的俄式敞篷四轮马车会伴着得得的蹄声颠簸而过。一个戴圆顶硬礼帽的醉汉在街角上等有轨电车，尽管末班电车已经过去了至少两个小时。几个妓女在街上走来走去，打着哈欠，和在街上游荡的竖着衣领的可疑人物答话。其中一个在科林和戈尔诺茨维托夫几乎跑向前来时过去勾搭，但当她内行地看了一眼他们苍白的、女子气的面孔以后就立刻转开了身子。

这两个舞蹈演员是去请一位认识的俄罗斯医生给波特亚金看病的。一个半小时以后他们真的和一个脸刮得光光的五官严峻满脸倦容的先生一起回来了。他待了半小时，嘴里不时发出吮吸的声音，好像他牙齿上有个洞似的，然后就走了。

这时没有开灯的房间里十分安静，这种特殊、沉重、阴郁的沉默常常出现在几个人围着个病人静坐时。黑夜已经快要过去，加宁面朝着床的侧影看上去像是用一块浅蓝色的石头刻出来的；克拉拉坐在床脚一张模糊地浮现在黎明之波上的椅子里，目不转睛地朝同一方向看着。稍远处，戈尔诺茨维托夫和科林挨着缩在一张小长沙发上——他们的脸像两抹灰白的色块。

医生已经跟着多恩太太的黑色身影走下楼去。她道歉说电梯坏了，身上的一串钥匙发出轻微的丁当声。到了楼下她打开了沉重的大门，医生举了举帽子示意，然后走进了微带蓝色的薄雾中。

老妇人小心地锁好大门，把身上黑毛线织的披肩裹裹紧，往楼上走去。楼梯灯光冰冷发黄，她的钥匙柔和地叮咚响着，她走到楼梯平台上，楼梯灯熄灭了。

在厅里她遇见了加宁，他刚从波特亚金的房间里出来，小心地关上了身后的门。

“大夫答应上午再来，”老妇人悄声说，“他现在怎样了——好些吗？”

加宁耸耸肩。“我不知道，不过我觉得没好，他现在呼吸的样子——那声音让人害怕。”

丽季娅·尼古拉耶夫娜叹了口气，怯生生地走进那个房间，克拉拉和两个舞蹈演员整齐划一地把微微闪光的眼睛转向她，然后又转回去看着床。一阵风把半开着的窗子的窗框刮得咯咯响。

加宁踮着脚尖沿走廊回到刚才聚会的房间，正如他所料，阿尔费奥洛夫仍在桌旁坐着，在黎明的晨光和那有着夸张灯罩的灯的光线下，他的脸显得浮肿发灰。他在打盹，时而打个嗝。他面前的表的玻璃上一滴伏特加在闪着光，酒滴下面，不褪色铅笔留下的紫色痕迹正在漾开。只有四个小时了。

加宁在这打瞌睡的醉鬼旁坐了下来，他皱起浓密的眉毛，捏紧的拳头顶着太阳穴，这使他皮肤紧绷了起来，把眼睛拉斜了。他就这样长时间地盯着对方。

阿尔费奥洛夫突然醒来，慢慢调过头来看着他。

“你不该去床上睡觉吗，亲爱的阿列克谢·伊万诺维奇？”加宁清晰地说。

“不，”阿尔费奥洛夫困难地表示道，然后仿佛在解决一个难题似的想了片刻，重复说，“不。”

加宁把不必要的灯关上，拿出香烟盒来点燃了一支烟。不知是由于清晨的寒意还是香烟的气味，阿尔费奥洛夫似乎清醒了一点。

他用手掌揉了揉前额，四下里看了一眼，伸出一只相当稳的手去拿酒瓶。

手伸到一半停了下来，他摇了摇头，然后有气无力地对加宁一笑说：“不能再喝了，玛丽要来了。”

片刻以后他摇着加宁的胳膊说：“嘿，你，你叫什么名字——列布·列波维奇——你听见了吗，玛丽——”

加宁喷出一口烟，使劲盯着阿尔费奥洛夫的脸，他一眼看清了一切：那湿漉漉的半张着的嘴，那黄色的小胡子，不断眨巴着的水汪汪的眼睛。

“你听着，列布·列波维奇，”——阿尔费奥洛夫身子一晃，抓住了加宁的肩膀。“现在我烂醉如泥，憋得慌。他们让我喝，该死的家伙——不，不是这个——我是想告诉你我那姑娘——”

“你需要好好睡一觉，阿列克谢·伊万诺维奇。”

“有过一个姑娘，我告诉你。不，我说的不是我的妻子——我的妻子很纯洁——可是我有这么多年没和妻子在一起了。因此不久前——不对，是很久前——记不得是什么时候了——姑娘把我带到她住的地方。像狐狸样的一个小东西——真脏——可是妙极了。现在玛丽要来了。你明白这意味着什么吗？你明白还是不明白？我醉了——不记得怎么说垂——睡——垂直——而玛丽很快就要到这里了。为什么一切都要像这样发生？嗯？我问你呢！你，你这个该死的布尔什维克！难道你就不能告诉我是为什么吗？”

加宁轻轻推开他的手，阿尔费奥洛夫又打起盹来，身子向前趴在了桌子上；他的胳膊往下一滑，弄皱了桌布碰倒了酒杯。酒杯、一个小碟子和那只表滑落到地上。

“上床去，”加宁说着猛力拉他站起来。

阿尔费奥洛夫没有反抗，但是他根本站不稳，加宁简直没法让他向该去的方向走。

当他发现在自己的卧室里时，他咧开嘴瞌睡地一笑，慢慢倒在了床上。他脸上突然出现了恐惧的神情。

“闹钟——”他坐起身子含糊不清地说，“列布——在那边，桌子上，闹钟——定到七点半。”

“好吧，”加宁说着开始拧动指针，他给定在十点，然后改了主意，给定在了十一点。

当他再次看着阿尔费奥洛夫时，那人已呼呼熟睡，仰面朝天，一只胳膊古怪地伸着。

从前喝醉了的流浪汉就是这样在俄国的村庄里睡觉的。在热浪闪动令人昏昏欲睡的酷暑中，一整天都有装得满满高高的马车摇晃着驶过村落，在乡村大道上撒下星星点点的干草——流浪汉东倒西歪、吵吵嚷嚷地纠缠来度假的女孩子，拍着发出共鸣声的胸脯，声称自己是将军的儿子，最后把遮阳帽往地下一摔，横躺在大路上，直到一个农民从运草车上爬下来。农民把他拉到路边，继续赶车走了；这流浪汉把苍白的脸转向一侧，像个死人般躺在沟沿上；装满大堆青草的马车则摇摇晃晃地载着清香，穿过开花的欧椴树洒下的斑斑阴影从他身旁驶过。

加宁把闹钟轻轻放在桌子上，长久地站在那里看着这个熟睡的男人。然后他抖动着裤子口袋里的辅币，转身悄悄走了出去。

厨房旁边昏暗的小洗手间里，在一块席子下面堆放着煤砖，狭小的窗子上的玻璃碎了，墙上有条条黄斑，金属的淋浴喷头从黑色的、外层开始剥落的澡盆上方的墙壁里像鞭子般弯弯伸出。加宁脱光了衣服，有好几分钟的时间伸展着他的胳膊和腿——结实的白腿，露出青筋。他的肌肉收缩鼓起，发出劈啪声，胸部均匀地深呼吸。他打开了淋浴龙头，站在冰冷的扇形水流下，这使他的胃部惬意地收缩起来。

他穿好了衣服，全身发热，努力不弄出任何声音地把箱子拖到厅里，看了看表。差十分六点。

他把帽子和大衣扔在箱子上，悄悄地走进了波特亚金的房间。

两个舞蹈演员相互靠着还在长沙发上睡觉。克拉拉和丽季娅·尼古拉耶夫娜正弯身俯向老人，他双目紧闭，颜色像干陶土样的脸有时因疼痛而扭曲。天已经差不多大亮了，火车带着睡意隆隆驶过大楼。

加宁走近床头时波特亚金睁开了眼睛。在不断向深渊落下时，他的心脏暂时得到了不稳固的支撑。他有那么多的话要说——说这下他永远见不到巴黎了，更见不到祖国了；说他的一生是愚蠢的、一无所成的；说他不知道自己为什么活着，或为什么即将死去。他把头转向一侧，茫然地看着加宁，轻声含糊地说："你看——没有任何护照。"他嘴唇一扭，现出一丝微笑。他又眯起眼睛，那深渊再一次吞没了他，一阵剧痛刺进心口——呼吸似乎成了无法形容的、无法得到的最大幸福。

加宁白色有力的大手紧抓着床沿，看着老人的脸他又一次记起了那闪动着的朦胧的幽魂，那些临时拉来的充当群众演员的俄国人，每人十马克就出卖了，至今仍在天知道什么地方的银幕上映出。加宁突然意识到，不管怎么说波特亚金总还是留下了点什么，纵然只是那两首为他展现出如此热情永恒的生命的苍白小诗，就像一种廉价香水或一条熟悉的街道上的标志对我们变得珍贵起来了一样。加宁一时间看到了生命中绝望与幸福所具有的一切激动人心的美，一切都变得崇高、极度神秘——他自己的过去，沐浴在灰白色光线中的波特亚金的脸，窗框在蓝色墙壁上的模糊反光，以及一动不动站在他身旁的两个身穿黑衣的女人。

克拉拉惊奇地注意到加宁在微笑，她无法理解这一点。

他微笑着摸了摸波特亚金的手，放在床单上的这只手稍稍抽动了一下。加宁直起身子，转向了多恩太太和克拉拉。

"我现在要走了，"他低声说道，"看来我们不会再见面了，代我向两个舞蹈演员致意。"

"我送你出去，"克拉拉同样平静地说，然后补充道，"两个跳舞的在长沙发上睡着了。"

加宁走出了房间。在厅里他拿起了箱子，把雨衣搭在肩膀上，克拉拉替他打开了门。

“谢谢你，”他说，侧身走到楼梯平台上。“祝你好运。”

他停下片刻。头一天他已经有过这个念头，想还是向克拉拉解释一下为好，说他根本没有过任何偷钱的打算，只不过是在看旧相片；可是现在他已经记不得他当时打算说些什么了，因此他向她点了点头，不慌不忙地走下了楼梯。克拉拉握着门把手看着他离去。他提箱子像提着水桶似的，沉重的脚步踏在楼梯上像缓慢的心跳声。他在楼梯拐角处消失了很久以后她仍站在那里倾听着那平稳的、越来越小的嗒嗒声。终于她关上了门，在门厅里站立了片刻。她大声重复道：“两个跳舞的在长沙发上睡着了，”便突然大声而猛烈地抽泣了起来，食指不住地在墙上上下划动。

一七

钟表匠招牌上斜着突出来的巨大白色钟盘上，粗重的指针指向六点三十六分。在一夜过后仍未回暖的浅蓝色天空中，只有一朵小小的云开始变成粉红色，它那细长的外形神秘而优雅。那些一大早就得起床奔波的不幸之人，他们的脚步声在空寂的空气中特别清晰地回响着，远处有轨电车的轨道上颤动着肉粉色的光。一辆小车满装着用一块粗条子布半盖起来的大束大束的紫罗兰花，紧挨路缘慢慢地前进着，卖花人帮着一条大红毛狗一起拉着车。狗舌头伸在外面，使劲往前拉，最大限度地发挥出奉献给人类的每一块强健肌肉的力量。

一群麻雀从一些刚开始发绿的树的黑色枝桠上轻快地拍着翅膀飞起，落在一堵高高的砖墙的墙沿上。

商店仍在铁栅后沉睡着，只有房屋的上部才照到阳光，但绝不可能想象这是日落时分而不是清晨，因为影子的方向不对，习惯于黄昏时的阴影而对黎明时的影子不熟悉的眼睛会看到意想不到的组合。

一切都似乎是歪着的，变小了，像在镜子里变了形。正当太阳升得高了一些、影子分散到它们平时的地方时，在这没有了渲染的光线下，加宁生活其中的回忆世界变成了它实在的样子：那个遥远的过去。

他四下里张望，看见了街尽头那座楼房的被阳光照亮的一角，他在里面重温了他的过去，再也不会回到里面去了。一整座楼房离开了他的生活，这很有几分美丽神秘之处。

随着太阳越升越高，城市越来越亮，街道也苏醒过来，失去了其奇特的朦胧的魅力。加宁在人行道中间行走着，轻轻地摆动着装得满满的箱子，心里想他已经有多么久没有感到自己这样强健、这样乐于去对付任何事物了。他不断地用新鲜的、怀着爱意的目光注意周围的一切——赶往市场去的马车，一个穿着围裙的男人正在公用电话亭四周粘贴的彩色广告的半合着的纸页——这个事实意味着他的一个秘密转折点，一种觉醒。

他在火车站附近的小公园中停下，在不久前坐着回忆斑疹伤寒、乡间别墅以及对玛丽的预感的同一张长凳上坐下。再有一个小时她就要到了，她的丈夫睡得像个死人一般，而他，加宁，将要去迎接她。

不知什么原因，他突然想起了他怎样去柳德米拉那里和她分手告别，怎样走出了她房间的情形。

公园后面正在建造一所房子；他可以看见黄色木梁的构架——房顶的架子，有些部分已经盖上了瓦。

尽管时间还早，他们已经开始干活了，在早晨天空的衬托下可以看见屋架上工人蓝色的身影。有一个工人在横木上行走，轻巧自由得像是马上要飞走。木屋架在太阳照耀下像金子一样发亮，两个工人在上面把瓦递给第三个工人。他们面朝上躺着，像在楼梯上似的一个比一个往上呈直线躺在那里，最下面的一个把像一本大书的红瓦越过自己的头传给在中间的工人，他接过瓦以同样的动作，即身子倒下、双臂伸直把瓦递给上面的工人。这个懒洋洋的有规律的动作具有一种奇特的镇静作用；新木的黄色光泽比过去任何最活灵活现的梦都更为生动。当加宁抬头看着幽静的天空中的房顶架时，他清晰而无情地意识到他和玛丽的恋情已经永远结束了。它持续了仅仅四天——也许是他生命中最快乐的四天，但是现在记忆已经枯竭，他已经感到腻烦了；现在玛丽的形象和那行将就木的老诗人的形象一起都留在了幽灵之屋里，这屋子本身也已经成了记忆。

除了那个形象之外，玛丽并不存在，也不可能存在。

他等待着北方来的快车慢慢通过铁桥的时刻。它开了过去，消失在车站的背后。

于是他提起皮箱，招来一辆出租汽车，让司机把他载到城市另一头的另一个车站去。他选择了一列半小时后驶往德国西南部的火车，把全部财产的四分之一用来买了一张火车票，怀着愉快的激动想着他将如何没有任何签证地跨越国境；国境另一边是法国，普罗旺斯[①]，然后是——大海。

火车开动时他睡着了，脸埋进挂在木头座位上方的衣钩上的雨衣褶子里。

---

① Provence，法国的一个地区。

译者后记

《玛丽》译自纳博科夫用俄语写的小说《玛申卡》的英译本*Mary*。《玛申卡》是这位文学巨匠的处女作。在英译本前言中，纳博科夫说到他为《玛申卡》寻找中意的英文名字颇费周折，最后决定用《玛丽》，因为他感到这个名字“似乎和俄文书名所具有的自然纯真最相匹配。”

在同一前言中，纳博科夫说不少作家的第一部作品中往往会出现自己的影子，他认为这主要是由于人们具有倾诉自我经历的愿望，只有在这一愿望得到满足后，才可能放手去探索“更美好的事情”。纳博科夫本人就是这样。他在四十年代出版了自传《说吧，记忆》，对比此书和《玛丽》，可以看到《玛丽》中加宁的许多经历与纳博科夫的经历极其相似，玛丽则是塔玛拉的化身。据作者本人说，《玛丽》中沃斯克列辛斯克那所有廊柱的宅子和一九六九年企鹅版《说吧，记忆》的封面上的罗日斯特维诺的宅子如出一辙。作者在加宁身上糅进了自己早年的感情经历，因此老年的纳博科夫在谈到《玛丽》时说，“由于俄国非同一般地遥远，由于思乡在人的一生中始终是你痴迷的伴侣，我已习惯于在公众场合忍受这个伴侣的令人断肠的怪癖，我承认自己对这部处女作在情感上的强烈依恋，丝毫不为之感到困窘。”

《玛丽》的故事发生在十月革命后，在柏林一家小小的膳宿公寓中，时间跨度是从星期日到星期六的一周。女房东是俄国人，六个房客也都是俄国人，由于各种原因流亡柏林。主人公加宁原是沙俄军队中一个青年军官，一九一九年在克里米亚作战时头部受伤后辗转来到柏林，干过各种零工谋生。他在小说中正闲居，厌倦了和情妇柳德米拉的关系，却仍例行公事地和她幽会，因为他感到和她断绝关系比继续下去更为麻烦。老诗人波特亚金正在办去法国的手续，整个星期他为在护照上打上允许离开德国的出境签证而奔波，最后在星期五得到签证却丢失了护照。他年老体弱，最后心脏病发作。小说一开始和加宁一起被困于电梯中的阿尔费奥洛夫似乎是个商人，这时正处在高度兴奋之中，因为妻子玛丽将于星期六从俄国到达柏林，几年分别即将结束，六天中他张口闭口不离玛丽。克拉拉是个小职员，和柳德米拉是朋友，但却暗恋着加宁。另外两个房客是一对芭蕾舞男演员，显然是同性恋者，到柏林来找工作。公寓楼在铁路旁边，从早到晚火车不断隆隆驶过，增加了这一群流亡者、特别是加宁的躁动不安。因为妻子即将到来而激动难眠的阿尔费奥洛夫星期一深夜在房间里不停地哼唱、走动，使住在隔壁的加宁无法入睡，去兴问罪之师却被阿尔费奥洛夫让进室内，看到了玛丽的照片。当加宁意识到这个玛丽就是自己中学时代的情人玛丽时，初恋的一切一幕幕映过心头。第二天一早，他毅然步入柳德米拉的房间和她断绝了关系，此后四天加宁一直生活在回忆之中。柏林那灰色的现实和对在俄国的初恋的玫瑰色的回忆交织，构成了《玛丽》的故事和语言的难忘的、动人的美。

在玛丽到来的前夜，两位芭蕾舞演员在自己房间里为了波特亚金和加宁即将离去，为了阿尔费奥洛夫的妻子即将到来，为了克拉拉的生日以及自己找到工作举行了一次聚会。阿尔费奥洛夫喝得烂醉，加宁把闹钟给他上到十一时，打算自己八点钟前去火车站接玛丽后双双离去；波特亚金心脏病再度发作。加宁收拾好行李去了火车站。他坐在那儿等待北方来的列车载着玛丽到达柏林，看着附近有工人在盖一所新房子。此时纳博科夫笔锋一转，描写了加宁在这现实的场面下的顿悟：当加宁抬头看着幽静的天空中的房顶架时，他清晰而无情地意识到他和玛丽的恋情已经永远结束了。它持续了仅仅四天——也许是他生命中最快乐的四天，但是现在记忆已经枯竭，他已经感到腻烦了；玛丽的形象和那行将就木的老诗人的形象一起现在都留在了幽灵之屋里，这屋子本身也已经成了记忆。

在加宁记忆中既模糊又栩栩如生的玛丽终于没有出现在这部以她的名字命名的小说中。小说以加宁独自去开创新生活结束。

正是在这出人意料的结局中表现了纳博科夫的非凡文学天才。

初恋是甜蜜的。那爱情的萌动、少男少女的遐想，是一种完全陌生的情感、完全陌生的异性接触、完全陌生的经历。在《玛丽》中，对初恋的回忆和对故国的怀念交织在一起，俄罗斯广袤的原野、秋阳、冷雨、白桦、冬雪，对于在异乡的流亡者来说，增加了些许凄迷的、不可及的、哀婉的美。故国不再，昔日的恋人已为他人妇，加宁终于从沉迷中醒来，意识到回忆虽美好终究不能替代现实，他也不能像老波特亚金那样在回忆中了却残生。他的生活才刚刚开始，他必须义无反顾地迎接明天。

也许正是这种精神，使纳博科夫成就了他非凡的文学业绩。

图书在版编目(CIP)数据

玛丽/(美)纳博科夫(Nabokov,V.)著;王家湘译.
—上海:上海译文出版社,2013.8
(纳博科夫文集)
书名原文:Mary
ISBN 978-7-5327-6245-3

Ⅰ.①玛… Ⅱ.①纳…②王… Ⅲ.①长篇小说—美
国—现代 Ⅳ.①I712.45

中国版本图书馆 CIP 数据核字(2013)第 118679 号

Vladimir Nabokov
MARY

Copyright © 1989 by Vintage International, New York
MARY by Vladimir Nabokov
Copyright © 1970 by Vladimir Nabokov
Published by arrangement with the Estate of Vladimir Nabokov through Copyright Agency of China.
All rights reserved, including the right of reproduction in whole or in part in any form.
Mary/Vladimir Nabokov; translated from the Russian by Michael Glenny in collaboration with the author.
《玛丽》英文本由迈克尔·格伦尼和作者共同翻译完成。

玛丽
Mary

Vladimir Nabokov
弗拉基米尔·纳博科夫 著
王家湘 译

出版统筹 赵武平
责任编辑 陈飞雪
装帧设计 人马艺术设计·储平

图字:09-2006-826号

上海世纪出版股份有限公司
译文出版社出版
网址:www.yiwen.com.cn
上海世纪出版股份有限公司发行中心发行
200001 上海市福建中路 193 号 www.ewen.cc
常熟市华通印刷有限公司印刷

开本 890×1240 1/32 印张 4.5 插页 6 字数 93,000
2013 年 8 月第 1 版 2013 年 8 月第 1 次印刷

ISBN 978-7-5327-6245-3/I·3711
定价:25.00元

本书版权为本社独家所有,未经本社同意不得转载、摘编或复制
本书如有质量问题,请与承印厂质量科联系,T:0512-52397878